Johannes Girmindl

Zweisitzercouch

AF215522

Johannes Girmindl, 1978 in Wien geboren. Singer, Sinner, Songwriter und Schriftsteller, veröffentlicht im Eigenverlag Tonträger, schreibt unentwegt neue Lieder und Geschichten. Zuletzt erschienen: Unter 4 Augen (CD), Absinth (Fünf dunkle Erzählungen).

www.girmindl.at

Johannes Girmindl

Zweisitzer couch

Roman

Bibliographische Information der Deutschen Nationalbibliothek:

Die Deutsche Nationalbibliothek verzeichnet diese Publikation in der Deutschen Nationalbibliographie; detaillierte bibliographische Daten sind im Internet über http://dnb.dnb.de abrufbar

Herstellung und Verlag: BoD – Books on Demand, Norderstedt

ISBN: 9783746043173

Die Ereignisse in diesem Buch sind reine Fiktion, bis auf jene, die wirklich stattgefunden haben. Welche das genuu sind, bleibt hier aber unerwähnt. Ebenso sind die Namen der Protagonisten frei erfunden, bis auf wenige Ausnahmen. Welche das sind, wird hier ebenso nicht beantwortet.

Mein aufrichtiger Dank gebührt Eva Billisich, die sich all der Beistriche, der verqueren Satzstellungen und Wortwieder-holungen in engelhafter Geduld angenommen und somit dieses Buch lesbar gemacht hat. Danke.

1 – Weidinger

Tom Petty war tot; und um das zu wissen, hatte es eine ganze Nacht gebraucht. Die ersten Mitteilungen waren vor Mitternacht eingetroffen, danach herrschte kurz Verwirrung, es wurde dementiert, und dann am Morgen das Ableben des amerikanischen Musikers letztendlich doch noch bestätigt. Ein Herzinfarkt. Dann Hirntod. Dann das Abschalten der lebenserhaltenden Systeme.

Vor einem Herzinfarkt hatte er selbst auch Respekt. Sein Herz war zwar nicht schwach, er hatte nie Probleme gehabt, trotzdem machte er sich Gedanken und das immer dann, wenn er vom Schicksal unsanft auf die eigene Endlichkeit hingewiesen wurde. Vielleicht war er ein Hypochonder, vielleicht auch nicht, jedenfalls war er in solchen Situation immer etwas unsicher – beim Tod einer seiner Helden –, und in letzter Zeit kamen die Einschläge definitiv näher und in immer kürzeren Abständen: Bowie, Cohen, jetzt Petty.

Er saß auf seinem angestammten Platz im Café Weidinger am Lerchenfelder Gürtel und hatte an diesem Tag den ersten weißen Spritzer vor sich stehen. Eine Zigarette war mittlerweile fertig geraucht und sorgfältig im Aschenbecher ausgedrückt worden. Auf dem Tisch lag der Falter der letzten Woche, aufgeschlagen waren die Plattenkritiken, die er aber nur überflog. Die drei Platten, die besprochen worden waren, kannte er nicht, auch nicht deren Interpreten. Um sich ein umfassendes Bild der Tonträger machen zu können, waren die wenigen Sätze zu wenig. Man musste schon den Journalisten selbst kennen, um zu wissen, ob es sich lohnen würde zumindest hineinzuhören.

In zwei Wochen würde er seinen vierzigsten Geburtstag feiern. Wobei, würde er ihn wirklich feiern? Er hatte keinerlei Pläne geschmiedet, niemand darüber informiert, niemand eingeladen. Vielleicht würde er es spontan entscheiden, um dann zu bemerken, dass keiner seiner Freunde so kurzfristig Zeit haben würde. Die meisten von ihnen waren in festen Beziehungen, in Familien gefangen, die ein gewisses Maß an Planung verlangten, da ging nichts mehr spontan. Die wenigen anderen, die noch oder gerade wieder frei waren, nun, das hatte wohl auch seine Gründe, warum dem so war. Und dass er sich sozusagen mit einem

Notnagel zufrieden geben würde, lag unter seiner Würde, zumindest dachte er sich das.

Im Café Weidinger lief kein Radio. Das mochte er, denn grundsätzlich lief in Lokalen immer die falsche Musik. Sei es der Einheitsbrei programmierter Playlists, sei es die richtige Musik zum falschen Zeitpunkt oder die falschen Songs zum richtigen Zeitpunkt. Daheim war er Herr über die akustische Untermalung. Wobei, Untermalung war das falsche Wort, er konnte Musik nicht nebenbei hören, er wollte sich darauf einlassen, er wollte *in the mood* sein. Es war allein schon aus Respekt vor dem Künstler, der vielleicht jahrelang in einem verschimmelten und kalten Proberaum darauf hingearbeitet hatte, einmal zumindest einen Fuß in die Tür zu bekommen – und sollten all die Anstrengung, all die Leidenschaft, all die Tränen und der Schweiß dafür aufgewendet worden sein, um in einem Aufzug als Geräuschkulisse zu dienen? Es musste schon an die zwanzig Jahre her sein, da war er beim Spar in der Kreuzgasse gewesen, und es kam Van Morrison aus den ohnehin grottenschlechten Lautsprechern, die dort an die Decke montiert waren. Da fiel es ihm wie Schuppen von den Augen, dass das die reinste Form von Blasphemie war. Während er seine Gabelbissen mit Aspik in den Einkaufswagen legte, andere ihre Rollen zweilagiges Toilettenpapier, und Kinder an der Kasse um Kaugummi bettelten, sang Van vom *High Summer* und den Tiefen der menschlichen Seele. Aber es war normal für die meisten Menschen. Er kannte solche, bei denen unentwegt das

Radio lief, ganz gleich welcher Sender und ganz gleich wie deren persönlicher Musikgeschmack auch immer geartet war. Hauptsache, es gab eine Geräuschkulisse. Vielleicht zur Ablenkung - möglicherweise war das eigene Dasein, mit dem man sich wohl auseinander setzen musste, wenn es keine Ablenkung gab, zu deprimierend und nichtssagend, und demnach die Konfrontation damit auch mit allen Mitteln zu vermeiden. Nachdem er seine Einkäufe an diesem Tag in seiner kargen Küche verstaut hatte, legte er, quasi als Wiedergutmachung, *Back on top* auf, Van hatte es verdient.

Der Winter war noch nicht zur Gänze aus der Stadt vertrieben, und so war der Platz neben den Fenstern des Cafés Weidinger immer noch der kälteste. Seit einigen Wochen lag zwar auf den Straßen kein Schnee mehr, der ohnehin binnen kürzester Zeit zu einem grauen Eisbrei wurde, verziert mit Rollsplit und Hundekot, sowie alle paar Schritte mit gelben Markierungen, seien sie menschlicher oder tierischer Natur. Doch die Kälte saß immer noch tief und fest in den Gemäuern der Häuser und in den Straßenbelägen. Falk hatte sein Glas mittlerweile geleert, sich eine weitere Zigarette angezündet und überlegte nun, ob er sich etwas zur Stärkung bestellen sollte. Ein Paar Würstel, ein kleines Gulasch, etwas anderes kam ohnehin nicht in Frage. Sein Problem in so einem Fall war: kam der Hunger in ihm auf, wusste er sich nie zu entscheiden, was er denn nun haben wollte. Sein zweites Problem in solchen Fällen war: hatte er zu trinken begonnen, wollte er nichts mehr essen. Nicht, dass er nicht Hunger hatte, im Gegenteil, aber er war so auf den Alkohol fixiert, dass er keine Zeit an anderweitige Nahrungsaufnahme verschwenden wollte. Das geschah zwar nicht bewusst, jedoch bei näherer Betrachtung lief es darauf hinaus, dass er lieber trank als aß. Das aber widersprach eigentlich seiner Leidenschaft fürs Kochen und Essen an sich. Hatte er Gäste – und eine Zeit lang veranstaltete er des Öfteren richtige Gelage, zu denen er immer gewisse Personen einlud; er stellte die Gästeliste kunstvoll und ausgewogen zusammen –, dann kochte er an solchen Abenden auf, als gäbe es kein Morgen, war aber dann so mit der Organisation und dem Ablauf des Abends beschäftigt, dass er oftmals selbst gar nicht richtig in den Genuss seiner liebevoll zubereiteten Speisenfolge kam. Den anderen fiel das meistens gar nicht auf, waren sie doch mit dem Vertilgen derselben beschäftigt. Lediglich die schon legendäre Käseplatte, die nach dem Dessert noch aufgetischt wurde, und zu der er in der Regel selbst gebackenes Weißbrot kredenzte, konnte er zum Teil genießen.

Sein Blick wanderte von der aktuellen Ausgabe des Falters durch den Raum auf der Suche nach dem Kellner. Im Weidinger hatte er bis dato ausschließlich Herren im Service angetroffen, wieso dem so war, wusste er nicht. Und als er jetzt den Diensthabenden erspähte, den, der ihm schon seinen ersten Spritzwein serviert hatte, war dieser Gedanke auch schon wieder vergessen. Er versuchte

Blickkontakt herzustellen, um so ein Zeichen zu geben, dass er noch etwas bestellen wollte. Einige Augenblicke später stand der Ober an seinem Tisch und stellte die obligatorische Frage: *Darfs noch was sein, der Herr?*

Er hatte sich für die Sacherwürstel entschieden. Der Größe wegen, in diesem Fall kam es definitiv darauf an. Würstel waren, trotz aller Kochkünste, seine Hauptnahrungsquelle. Es war wegen der Einfachheit. Wenn er spät abends nach Hause kam, der Heißhunger unvermittelt zuschlug, öffnete er das schmale Gefrierfach seines Kühlschranks und entnahm diesem eine Packung Frankfurter. Er warf dann die vier gefrorenen Würstel in einen Topf mit Wasser, drehte seinen Herd auf die höchste Stufe und verschlang sein simples Mahl in kürzester Zeit. Meistens gab es dazu Senf. Jetzt hatte er Kren bestellt. Er liebte die Schärfe dieser Wurzel, die ihm ohne Umschweife ins Gehirn stieg. Er brauchte dann einige Zeit, um diesen Schockzustand wieder in den Griff zu bekommen, aber das war es ihm wert. Mit Kren war er aufgewachsen. Als Bub hatte er im Garten seiner Mutter die Wurzeln mit Leidenschaft ausgegraben. Warum sie dort gewachsen waren, wusste zwar niemand, – dass sie da waren, wurde aber mit freudiger Überraschung zur Kenntnis genommen. Nun wuchs dort gar nichts mehr. Die Straße war verbreitert worden, und somit existierten zwei Drittel des Gartens, in dem er seine Kindheit verbracht hatte, nicht mehr. Er wusste davon; gesehen hatte er es nicht. Er hätte es wohl nicht übers Herz gebracht und wäre wahrscheinlich auch nicht so gut damit klar gekommen; ein weiterer Schritt zurück, der es womöglich noch dringender gemacht hätte, seine Kindheit und Jugend aufzuarbeiten. Von Zeit zu Zeit tat er das, im Allgemeinen aber war er ein Meister der Verdrängung, und wenn es nichts gab, das ihn im Alltag, im normalen Leben, im Hier und Jetzt behinderte, dann sah er auch keine Notwendigkeit, etwas zu verändern. Mittlerweile stand der zweite Spritzwein, den er zugleich mit den Würsteln geordert hatte, vor ihm auf dem Tisch mit der Marmorplatte. Er trank einige Schlucke, etwa ein Drittel des Glases, und überlegte, ob er sich vom Kellner, natürlich erst wenn der ohnehin seine Bestellung bringen würde, Papier und Stift geben lassen sollte. In zwei Wochen würde der Frühling beginnen, und für ihn war somit die Zeit gekommen, sich zu überlegen, welche Platten und Filme er aus seiner üppigen Sammlung hervorholen wollte. Bei Büchern war die Einteilung etwas freier, natürlich gab es solche, die sich anboten im Sommer gelesen zu werden: Bukowski, Kerouac zum Beispiel. Der Frühling war für ihn unbestritten mit Michael Palins erstem Roman verknüpft. *Hemingways Stuhl* las er regelmäßig, nicht jedes Jahr, aber nahezu. Obwohl, Frühling und Herbst lagen für ihn auch nahe beisammen, es konnte also sein, dass er sich im Laufe der Jahre Herbstliteratur, Herbstmusik, Herbstfilme auch im Frühling einverleibte, und umgekehrt. Und obwohl Sommer und Winter wohl unterschiedlicher nicht sein könnten, gab es selbst dort einiges an Kompatibilität. Miles Davis zum Beispiel. Blues im Allgemeinen, aber kein britischer, der war schon aufgrund des englischen Klimas im Großen und Ganzen für niedrigere Temperaturen ausgelegt. Im Eigentlichen war es nur ein Tick von ihm, der ihn mitunter aber auch unter großen Druck setzte, denn er stellte sich unentwegt die Frage: kann ich etwas anderes hören als das, was gerade auf dem Jahreszeiten-Plan steht?

Vor ihm stand nun der Teller mit den dampfenden Sacherwürsteln, in der Mitte ein Berg frisch geriebener Kren, und daneben der Korb mit dem Gebäck, das um diese Uhrzeit wohl noch relativ frisch sein sollte. Er trennte die beiden Würstel voneinander und brach eines davon in der Mitte durch. Dann versuchte er, Kren auf das angebrochene Ende zu befördern; der hielt aber nicht, und er musste seine zweite Hand zu Hilfe nehmen. Die erwartete Schärfe entfaltete ihre Kraft, und Falk musste mehrmals durchatmen, um sich einerseits daran zu gewöhnen und andrerseits seine Contenance wiederzufinden. Der Ober hatte ihm mittlerweile Stift und Rechnungsblock gebracht, und so begann Falk aus dem Stegreif eine Liste an Platten aufzustellen, die er in den nächsten Monaten auf seinen Plattenteller zu legen gedachte. *Flaming Pie* kam ihm da in den Sinn. Er mochte McCartney, und er hasste ihn. McCartney war für ihn das Yin und das Yang der Songwriterkunst. Hatte dieser Mann Lieder für die Ewigkeit geschrieben, *For no one* kam ihm da in den Sinn, hatte er im Gegenzug aber auch den banalsten Schrott, der je auf Vinyl gepresst wurde, zu verantworten. Nun, im Endeffekt war es ein Handwerk wie jedes andere, und es gab eben auch Montagsongs. McCartney hatte an vielen Montagen gearbeitet. Das erste Soloalbum von James Iha, dem

Gitarristen der Smashing Pumpkins, war für ihn auch eine Frühlingsplatte und gar nicht so weit von den Beatles selbst entfernt. Die Beatles aber passten für ihn mehr in den Herbst, es waren eben diese britische Klima, die schwarz-weiß Bilder, der Regen, letztendlich die Tristesse, die Filmaufnahmen aus den 60er Jahren für ihn kolportierten. Mittlerweile waren die Plätze rund um ihn auch schon besetzt (worden). An einem Tisch saßen zwei ältere Damen, die ihre Hüte auf dem Kopf behalten hatten, alte Schule eben, daneben thronte ein etwas dicklicher Herr, der in seinem Standard blätterte. Im Eck saß ein spindeldürres Männchen vor seinem Bier und rauchte eine filterlose Zigarette, deren – und in diesem Fall kann man das getrost sagen – Gestank bis zu Falks Platz hinüberwehte, und das ganz ohne Luftzug. Im Bereich vor den Toiletten spielten zwei Herren Billard. Sie würdigten Falk keines Blickes, als dieser an ihnen vorbei ging, um seinem menschlichen Bedürfnis nachzukommen. Das Weidinger mag ein altes Café sein, etwas abgenutzt, aber trotz allem sauber und mit Charme. Die Sauberkeit konnte man auf den Toiletten förmlich riechen. Der WC-Stein kämpfte mit dem Urinstein um die Vorherrschaft. Hier gewannen der WC-Stein und das zur Säuberung der Räumlichkeiten engagierte Personal. Am Weg zu seinem Platz orderte Falk direkt beim Kellner einen weiteren Spritzwein mit dem Vermerk, dass er bei Lieferung des selbigen auch gleich die Rechnung begleichen würde. Ein freier Tisch war ein Ansporn für das Personal. Einerseits verhieß das Bezahlen der Zeche auch ein Mindestmaß an Trinkgeld und in weiterer Folge ein Gehen eines Gastes, der ohnehin nur die Sitzfläche abwetzte und nicht wirklich zur Umsatzsteigerung des Vormittags beitrug. Niemals würden die Servicebediensteten einen Gast so etwas spüren lassen. Er durfte in Ruhe seinen Verlängerten trinken – sollte das auch Stunden dauern, die er damit zubringen würde, sich ein weiteres Glas Wasser zu erbitten, um einfach nur sitzen bleiben und in dieser Atmosphäre die aufliegenden Tageszeiten lesen zu können. Das Weidinger hatte Stil und eben auch seine Belegschaft. Nachdem Falk bezahlt hatte – eigenartigerweise gab er wirklich knappe zehn Prozent Trinkgeld, so wie er es immer vor hatte –, steckte er sich eine weitere Zigarette zwischen die Lippen, zündete diese an, sog den Rauch tief in die Lungen, um ihn kurz darauf wieder auszuatmen und nahm dann einen großen Schluck von seinem mittlerweile dritten Spritzwein. Die Richtung des Tages war nun vorgegeben. Er wusste genau, wenn er am Vormittag – und sei es auch schon kurz vor zwölf Uhr – trank, war der Tag eine sogenannte *schräge Wiesn*. Nachdem er also beschlossen hatte beziehungsweise die Entscheidung in ihm gefallen war, das Lokal zu verlassen, fiel ihm das Bleiben, um sein Glas zu leeren, schwer. Er brachte dennoch die nötige Geduld auf, um zumindest noch einige Minuten zu verweilen, blätterte seinen Falter desinteressiert durch, um noch etwas Ablenkung für die kurze Zeitspanne zu finden. Dann stellte er das mittlerweile geleerte Glas auf die Tischplatte zurück, schlüpfte in seinen Mantel und verließ, mit der Zeitung unter dem Arm und seinen Notizen in der Tasche, das Lokal. Als er auf die stark befahrene Kreuzung Gablenzgasse/Lerchenfeldergürtel trat, wehte ihm ein eisiger Wind entgegen.

2 – Kosmisches Gleichgewicht

Falk war grundsätzlich zu Fuß unterwegs. Nicht, dass er nicht auch die öffentlichen Verkehrsmittel benutzte oder etwa keine Jahreskarte besaß – als Wiener gehörte das einfach dazu. Längere Strecken legte er natürlich mit der U-Bahn zurück. Aber wenn es sich lediglich um wenige Stationen handelte, dann schritt er vorzugsweise die Straßen entlang, an den Auslagen vorbei, durch die Menschentrauben hindurch oder aber alleine durch kleine Gassen, auf engen Gehsteigen, von denen er – kam ihm jemand entgegen – dann auf die Fahrbahn ausweichen musste, um nicht zusammenzustoßen. Nur nicht anstreifen. Bei diesen – nennen wir es hier – Spaziergängen ordnete er seine Gedanken, die, wenn er wenig Zeit hatte und sich gestresst fühlte, wirr in seinem Kopf herumwirbelten und ihn oftmals nicht schlafen ließen. Das Zufußgehen war also auch einer taktischen Überlegung geschuldet. Des Weiteren fühlte er sich auf diese Art und Weise auch seiner Heimatstadt verbunden, ohne ihr und den darin lebenden Menschen zu nahe zu kommen. Passierte er die für die Gegend typischen Mietshäuser, deren Kellerfenster jahraus jahrein zum Teil offen standen – ungewollt, weil die Glasscheibe letzte Nacht von einem übermütigen Halbwüchsigen, der seinen ersten Rausch durchlebte, eingetreten worden war oder aber, weil sie sich nicht mehr richtig schließen lassen wollten –, dann stieg ihm der für ihn so vertraute modrige Geruch der alten Gewölbe in die Nase. Selbst im Sommer, wenn der Asphalt flimmerte und der Straßenbelag kurz davor war, sich zu verflüssigen, versuchte der kühle Mief aus den Katakomben der Gründerzeithäuser ans Tageslicht zu dringen. Im Winter mischte er sich unauffälliger in die abgasgeschwängerte Luft der Stadt. Nicht hier, aber in den dafür typischen Bezirken, fügte sich auch noch – vorzüglich im Stiegenhaus – der Geruch von frisch zubereiteten Speisen hinzu. Das lag einerseits an den schlecht abgedichteten Wohnungstüren und andererseits an der Tradition, das Küchenfenster – in diesen Fällen gingen die Küchenfenster durchwegs auf den Gang– während des Kochens oder aber generell, geöffnet zu halten. Oftmals war es ein Einfaches einen Rückschluss auf den Mittagstisch zu ziehen. Aber es gab noch eine weitere Eigenheit, die Falk beschäftigte. Als er in seiner Zeit als Fahrradkurier selbst noch öfters in solchen Gebäuden zu tun gehabt hatte, waren ihm nicht nur einmal ob der eigenartigen Nummerierung der Stockwerke Zweifel gekommen. Dass auf das Parterre das Hochparterre oder oftmals auch das sogenannte Mezzanin folgte, und danach erst das erste Obergeschoss, machte es für ihn nur logisch, dass er sich eigentlich schon im dritten Stock befand. Wer diese Verzögerung zu verantworten hatte, wusste er nicht; dass es eine Eigenheit längst vergangener Bauweise war, nahm er zur Kenntnis, für sinnvoll hielt er sie nicht. Kein Wunder, dass die Zusteller der Post oder andere Logistikunternehmen sich nicht mehr die Mühe machen wollten, bis zum fünften Stock hinaufzusteigen – war es de facto schon der siebte. Ein Zettel im Postkasten oder einer an das Eingangstor geklebt, musste reichen. Die Menschen bestellten ohnehin zu viel. Falk befand sich nun auf der Westbahnstraße. Nur wenige Meter trennten ihn noch vom Substance Store, einem Plattenladen, den er, als er noch mit diesem Punk-Mädchen zusammen war, regelmäßig aufgesucht hatte. Billy Bragg, Ryan Adams, Pearl Jam hatte er damals gehört, einen Jugendfehler mit Adam Green gemacht und immer wieder Platten bestellt, die er sich eigentlich gar nicht leisten konnte. Das Soundtrack-Album zu diesem Dylan-Film, den sie gemeinsam auf der Viennale gesehen hatten, wo sie dann auch mit diesem stark gealterten und an Parkinson erkrankten Musiker in einer Reihe saßen. An solche Dinge konnte er sich erinnern, die fielen ihm einfach aus heiterem Himmel ein, immer dann, wenn seine Gedanken sich verselbständigten, wenn in seinem Kopf wieder genug Platz war, sodass sie ihre eigenen Runden drehen konnten. Meistens fanden diese

Plattenerstehungsausflüge an einem Samstag statt, der dann im gemeinsamen Wohnzimmer der gemeinsamen kleinen Wohnung endete. Das Gefühl, das er damals hatte – er konnte es immer noch spüren; klare Erinnerungen bezüglich Fakten an jene Zeit hatte er nicht mehr wirklich. Und waren es nicht eigentlich die Gefühle, die wesentlich waren? Warum sollte man sich Zahlen merken, Namen und Adressen? Sie waren vergänglich; Namen konnten sich ändern, ebenso Adressen, Häuser verschwanden, die Umgebung veränderte sich, aber Gefühle blieben, zumindest wenn es so funktionierte wie bei Falk.

Der Innenraum des Plattenladens hatte sich kaum verändert, das Angebot war jetzt größer als damals, es gab einige Regale mehr und dadurch etwas weniger Platz für die potentiellen Käufer; ansonsten war alles beim Alten geblieben. Falk hatte darüber gelesen, über den Siegeszug des Vinyls. Nun, für ihn waren Platten immer noch Platten, den Ausdruck Vinyl verwendete er höchstens, wenn er Mails auf Englisch verfasste und diese seinen virtuellen Freunden in Übersee schickte, ansonsten hießen die Dinger für ihn Platten. Er war überhaupt skeptisch, wenn es um sogenannte Hypes ging. Platten verkauften sich wieder besser, ihr Absatz hatte sich verdoppelt oder ähnliches – darüber konnte er nur schmunzeln. Wenn sich etwas jahrzehntelang schlecht verkauft hatte und dann wieder zulegte, – ließ sich da schon von einem Hype sprechen? Bei einem Nischenprodukt? Es waren eher einige wenige – gut, sie waren mittlerweile wieder mehr geworden–, die man auch als Freaks bezeichnen konnte, die, wie Trekkies oder Anhänger einer anderen unnötigen Fernsehserie ihr Leben auf ihr Hobby ausrichteten, sich im Extremfall vielleicht auch noch wie ihre Idole kleideten, unter Umständen ihr gesamtes Geld in diesen Schrott investierten und deswegen immer noch in der elterlichen Wohnung im kleinen Kabinett residierten, abgeschieden und abgeschnitten von der restlichen Welt, die heftigst damit beschäftigt war, sich zu einem Ort zu entwickeln, an den niemand freiwillig gehen würde, wäre er oder sie nicht schon da. Falk war auch so ein Freak, zumindest was Platten betraf; Kunst im Allgemeinen. Er investierte einen großen Teil seines Einkommens in die großen schwarzen Scheiben, etwas weniger in CDs und DVDs, und wiederum einen größeren Teil in Bücher. Er wusste wann, wie und wo etwas aufgenommen oder geschrieben worden war, konnte Querverweise liefern, war also ein wandelndes Wikipedia, nur mit dem einen Unterschied, er war es auch schon vor Wikipedia gewesen. Und wenn er es sich eingestand, dann blickte er auf all die Jungen, die heute in solchen Läden standen, herab. Waren sie es doch, die den Wert von Kunst und Kultur so gesenkt hatten. Und das führte ihn wieder zum Hype, ohne den nicht einmal die Hälfte von ihnen hier stehen würde, um in den Regalen und Kisten zu wühlen, auf der Suche nach dem Album, von dem sie irgendwo gelesen hatten, dass man es haben müsste. Falks Angewohnheit war unter anderem – auch wenn er ohnehin schon alle Alben in seiner Sammlung hatte – bei seinen Lieblingsinterpreten   den   Bestand   des   Ladens   zu überprüfen. Er blätterte dann durch, freute sich insgeheim, nahm die eine oder andere Platte heraus und schaute sich das Backcover an, nur um sie dann wieder und vor allem an den chronologisch richtigen Platz (!) zurückzustellen. Was ihm das genau brachte, konnte er auch nicht so recht sagen, möglicherweise lag es in seinem missionarischen Eifer begründet, denn entdeckte er eine Platte von jemandem, den er sehr schätzte, der aber etwas an der Seite und nicht im Rampenlicht des Hypes stand, dann fühlte er sich, als wäre seine eigene Mission gelungen und die Welt um einen wertvollen Künstler reicher.

Heute hatte er nichts gekauft. Nicht, weil er nichts gefunden hatte – man findet immer etwas, das man noch nicht hat, unbedingt braucht oder aber einfach mitnimmt, weil es einfach in eine gut sortierte Sammlung gehörte. Falk hatte eine gut sortierte Sammlung. Seine Regale beherbergten an die dreitausend LPs, etwas weniger CDs und einige hundert Singles. Es war für ihn also nicht mehr all zu leicht etwas zu finden, was er noch nicht besaß und auch wollte. Aber wie gesagt: irgendetwas kann man immer mitnehmen. Nur heute nicht. Falk hatte seine finanzielle Situation im Griff, er musste nicht sparen, wollte auch nicht, steckte sich immer, bevor er die Wohnung verließ, nur so viel ein, wie er brauchen würde. Damit verhinderte er Exzesse jeglicher Art. Falk konnte ruhigen Gewissens den Laden verlassen, es würden die anderen potentiellen Käufer schon ihr Geld vor Ort lassen. Sie waren ja zumindest gekommen, nicht wie die anderen hippen

Hypeverführten, die daheim über ihre Laptops oder – noch schlimmer – mittels ihrer Smartphones, das begehrte Vinyl bei Amazon oder diversen anderen Onlinerippern bestellten und sich frei Haus liefern ließen. Das neue Biedermeier –wie man es auch nannte. Ein Großteil, der Plattensammeln ausmachte, war das Stöbern, das Suchen, der Vorgang, in den Kisten mit den unzähligen Schallplatten zu blättern. Das konnte kein Klick mit der Maus ersetzen. Abgesehen davon diktierten die großen Onlinehändler die Preise, kauften zu Almosen ein und schnitten gut dabei ab. Der Künstler blieb in diesem Fall ohnehin auf der Strecke. Es ging also letztendlich gar nicht um die Musik, nicht um die Entlohnung eines Künstlers, nein – es ging um Trophäen. Das aktuelle, limitierte Album X von Künstler Y. Wer hat es? Welche Nummer? Das war es. Mehr nicht. Das Gefühl spielte hier lang schon keine Rolle mehr, und die Akteure in diesem grotesken Schauspiel fühlten sich auch nicht gut oder cool oder hip.

Sein Weg führte ihn jetzt auf die Mariahilferstrasse. Dort gab es ein Pub, das er mit seiner Band – eine mittlerweile verblasste Jugendsünde –, mit der er unweit davon in einem Kellerraum zu Probenzwecken zusammengetroffen war, sehr häufig frequentiert hatte. Über ein erstes Konzert waren sie damals nicht hinausgekommen. Der Gig im CI am Yppenplatz – an einem sonnigen Tag im Spätsommer – war der einzige gewesen. Und zu aller Ehrenrettung musste man sagen, dass er äußerst gut besucht gewesen war. Außerdem war er unendlich laut und unter enormer Hitze vonstattengegangen, die die Gefahr diverser Bühnentode durch Stromschlag aufgrund fließenden Schweißes mit sich gebracht hatte. Sonst war nichts passiert, abgesehen davon, dass die beiden geliehenen Lautsprecher nach diesem Auftritt unbrauchbar – weil zerstört – gewesen waren. Falk musste noch irgendwo eine Aufnahme von diesem Gig haben, oder zumindest von Proben.

Das Shamrock öffnete gerade seine Pforten, und so hatte er Glück. Er konnte sich nicht mehr an die genauen Öffnungszeiten erinnern, und wahrscheinlich hatten sich diese auch im Laufe der Jahre geändert. Was ihm auf einen Schlag aber einfiel waren zwei Mädels und ein Kellner. Er konnte sich noch genau daran erinnern, dass er eines Abends hier das schönste Mädchen, das ihm bis zu diesem Tag begegnet war, gesehen hatte. Sie war es, die, bevor er an jenem Abend ging, seine Zeche kassierte. Danach machte er öfters als sonst einen Abstecher in das Lokal in der Kirchengasse, nur um eben jenes Mädchen zumindest zu Gesicht zu bekommen. Abgesehen von nervösen Bestellungen sprach er sie aber niemals an, schon gar nicht, um ihr seine Liebe zu gestehen. Und war das wirklich Liebe gewesen? Konnte man sich in jemanden verlieben, den man gar nicht kannte? Mittlerweile waren das alles längst vergessene Geschichten und Sehnsüchte, es war zu viel Wasser die Donau hinunter geflossen. Genauso wie Tina. Nun, Tina war nicht die Donau hinunter geflossen, sie war mit ihm im oberen Bereich des Lokals gesessen, hatte ihm ihre Zunge in den Hals gesteckt, und wären sie nicht von anderen Gästen umgeben gewesen, dann hätten sie es wohl an diesem Abend mehrmals auf dem Tisch getrieben. Die Leidenschaft, die dieses Mädchen in sich getragen hatte, konnte man von außen nicht erkennen. Nicht, dass sie unscheinbar gewesen war, nein, aber das Feuer, das in ihr brannte, schien sie in alltäglichen Situationen gut im Zaum zu halten. Falk hatte sich dann daneben benommen. Er war besoffen gewesen wie nie zuvor und wie nie mehr danach. Es waren Worte, die sie getroffen hatten, sonst war nichts vorgefallen. Wahrscheinlich wollte er damals einfach nur cool sein und vor seinen Freunden den Macho raushängen lassen; war eine dumme Idee gewesen, beziehungsweise hatte er darüber ja nicht nachgedacht.

Den jungen Mann, der ihm jetzt seinen kleinen Braunen vor die Nase setzte, kannte er natürlich nicht mehr. Vor gut zwanzig Jahren, nachdem er sich einige Bücher bei Thalia gekauft hatte, der damals noch im Untergeschoss des Virgin Megastores beheimatet war, verwickelte ihn der diensthabende Kellner in eines dieser sinnlosen Samstag-nachmittagsgespräche. Es ging um Big Brother, eine damals aktuelle angesagte Reality-Serie im Fernsehen und deren prominenten Akteur Sladko. Für ihn war Shakespeare eine Biermarke, die es kurz darauf wirklich gab. Mit Sladkos endendem Ruhm lief die Marke Shakesbeer dann auch wieder aus. Falk hatte Big Brother nie gesehen, er hatte damals ja nicht einmal Kabelfernsehen. ORF eins und ORF zwei reichten ihm völlig. Aber es interessierte ihn schon immer, was andere mit ihrem Leben taten, wie sie ihre Zeit vergeudeten, um dann darauf zu kommen, dass die noch verbleibende Zeit möglicherweise nicht mehr allzu lange dauerte. Und jetzt, als Falk seinen Kaffee schlürfte, erinnerte er sich an jenen Tag im Frühling des Jahres neunundneunzig – oder war es gar schon zweitausend gewesen?

Den Kaffee hatte er sich bestellt, weil er die drei Spritzweine aus dem Weidinger mittlerweile spürte. Nicht, dass er sich betrunken fühlte, nein, im Gegenteil, er vertrug einiges, wenn er seine Trinkphasen hatte; es war nur so, dass er nach Alkoholgenuss vor dem Mittagessen bereits am frühen Nachmittag eine Müdigkeit ins sich aufkommen fühlte. Der musste er etwas entgegen setzen. Er hatte sich gerade eine Zigarette angezündet, da winkte er den Kellner zu sich, um ein Guinness zu bestellen; es war jetzt kurz vor halb fünf, also die richtige Zeit für das schwarze Getränk. Er liebte es seit seinem ersten Irlandbesuch. Davor hatte er Killkenny bevorzugt. Warum er so eine Affinität zur grünen Insel hatte, konnte er sich nur ansatzweise erklären. Das letzte Mal war er vor neun Jahren dort gewesen. Mittlerweile zog er die Erinnerung einer Reise selbst vor. Irland war zu einem Touristenhort verkommen. Als er es das erste Mal besucht hatte, begann der Sturm auf die Insel gerade. Jetzt flog schon ein jeder hin, hielt sich für einen Irlandkenner und fühlte sich dort schon beinahe als Einheimischer. Bei der Rückkehr erzählten dann alle dieselben Geschichten, wie freundlich die Iren wären, wie toll das Bier sei, und ja, man durfte nicht mehr drinnen rauchen, und ja, es habe auch fast immer geregnet, zumindest ein bisschen. Und alles war so grün und friedlich und nett. Nett ist der kleine Bruder von Scheiße, entgegnete Falk bei solchen Gelegenheiten. Es war wieder der Hype, der ihn beim Gedanken an die Insel sauer aufstoßen ließ. Das Pint Guinness stand mittlerweile vor ihm, und er nahm einen großen Schluck. Die Zigarette war mittlerweile zu Ende geraucht, und Falk beschloss, an seinem Timing zu arbeiten. Rauchen und Trinken wollten aufeinander abgestimmt sein. Ein neues Glas, eine neue Zigarette, und der letzte Schluck sollte mit dem letzten Zug einhergehen. Ein leeres Glas und ein voller Aschenbecher, das Yin und Yang des geübten Rauchers beziehungsweise Trinkers. Falk nahm sich vor, heute die Regeln zu beachten. Er wollte das kosmische Gleichgewicht nicht unnötig aus demselben bringen.

3 – Rechnungsannahmepflicht

Am nächsten Tag wachte Falk verkatert auf. Er warf einen Blick auf seine Armbanduhr, die er am Vortag nicht mehr abgelegt hatte, und die sich eben aus diesem Grund noch an seinem linken Handgelenk befand und rieb sich schlaftrunken die Augen. Es war kurz nach neun Uhr, und es war kalt in der Wohnung. Er hatte gestern, nachdem er heimgekommen war, nicht mehr den Gasofen angeworfen – ein Fehler, wie er jetzt feststellen konnte. Falk schlug die Decke zurück und schlüpfte in seine Hausschuhe. Der erste Weg führte ihn auf die Toilette. Danach bereitete er seine Espressomaschine vor, füllte Kaffee in den metallenen Filter, ließ Wasser ein, verschraubte das zeitlose Gerät und stellte es auf die mittlerweile heiße Herdplatte. Er dachte kurz an die Jaffa-Kekse, verwarf den Gedanken aber wieder, um gleich darauf einen Topf aus dem Hängeschrank zu holen und dort ebenso Wasser einzulassen. Dann nahm er ein Ei aus dem Kühlschrank, die Packung war jetzt fast leer, legte es auf die Arbeitsplatte neben den Herd und wartete, bis der Kaffee hochgekocht war. Die heiße, dampfende Flüssigkeit leerte er in ein Häferl, das er auf Billy Braggs Homepage bestellt hatte. Er besaß mehrere solcher Stücke. Neben Billy Bragg fanden sich in seiner Kredenz noch Neil Young, die Rolling Stones und Blur, eine Etage höher standen diverse Becher von Konzerten, die er besucht hatte. Diese Trophäen waren ihm wichtig, obwohl er sie nie benutzte und sie nur vor sich hin verstaubten. Mittlerweile kochte das Wasser für sein Ei; er hatte den Topf umgehend, nachdem er die Espressomaschine von der Platte genommen hatte, auf den Herd gestellt. Langsam ließ er das Ei in das wallende Wasser gleiten – er konnte nichts weniger leiden als aufgeplatzte Eier. Er sah auf die Uhr und ging aus der Küche. Es war neun Uhr siebzehn, in sechs Minuten musste er das Ei aus dem Wasser holen. Zeit für die erste Zigarette. Falk nahm sich eine Dunhill aus der Packung, steckte sie sich in den Mund und zündete sie an. Immer noch hatte der erste Lungenzug des Tages die Wirkung, die er bei allen weiteren Zügen vermisste. Es schien ihn ein wenig zu drehen. Für den Bruchteil einer Sekunde kam in ihm ein leichter Schwindel auf, der – kaum hatte er ihn bemerkt – auch schon wieder vorbei war. Dann nahm er einen Schluck von seinem Kaffee und setzte sich auf die Zweisitzercouch, legte seine Beine auf den nächsten

Sessel und griff nach dem Buch, das neben ihm lag. Theophilus North von Thornton Wilder. Er hatte es schon einmal gelesen, war aber wieder darauf zurückgekommen, weil er erstens ein gutes Gefühl als Erinnerung daran hatte, und zweitens wissen wollte, warum er es damals so gerne gelesen hatte. So las er, rauchte und trank seinen Becher leer, um dann zu bemerken, dass er wieder mal die Zeit übersehen hatte. Das Ei war mittlerweile durch und durch gar, er ärgerte sich ein wenig, spülte es aber trotzdem mit kaltem Wasser ab und schälte es dann. Er würde es gleich im Stehen in der Küche essen. Das Ei sättigte ihn trotz seiner geringen Größe, und so sagte er jegliche weitere Frühstücksaktionen ab.

Kurz darauf stand Falk unter der Dusche. Das warme Wasser lief durch sein Haar über den Nacken den Rücken hinunter, rieselte als kleiner Bach zwischen seinen Arschbacken hindurch, um über die Beine in der Duschtasse zu landen und sich dort ob des Gefälles im Abfluss zu verabschieden. Er putzte sich die Zähne, shampoonierte danach sparsam sein Haupt, um sich kurz darauf mit seinem *Hangover*-Duschgel den Körper einzuseifen. Nachdem das Wasser seine Haut und sein Haar von Shampoo und Seife befreit hatte, drehte er den Hahn ab, rieb sich Haare und Körper trocken und stieg aus der Dusche. Er zog sich die frischen Kleidungsstücke an, die er aus seinem Kasten geholt hatte und frisierte sich streng nach vorne, um sich dann kurz mit der Hand wieder gegen den Strich durch die Haare zu fahren. Es war jetzt halb elf. Er würde einen kurzen Abstecher zum Spar zwei Gassen weiter machen. Dazu holte er seinen Einkaufszettel, den er penibel genau führte, seine Geldbörse und die Tasche, die er mittlerweile seit gut fünf Jahren für solche Anlässe in Verwendung hatte. Danach zog er sich Schuhe und Jacke an und verließ die Wohnung. Sein Handy trug er nur selten bei sich. Dieses Ding war ihm grundsätzlich unheimlich, und seitdem er einmal entdeckt hatte, dass der Kalender auf dem Mobilgerät die gleichen Einträge vorweisen konnte wie sein Outlookkalender, war ihm das Ding noch unheimlicher. Er war sich sicher, dass er dort nichts eingetragen hatte, und doch schienen alle seine Termine von seinem Laptop dort auf. Natürlich gab es eine logische Erklärung dafür. Dass diese Geräte aber anscheinend ein Eigenleben führten und selbstbestimmt Daten austauschten, war ihm aber gar nicht recht. Er wollte dieses Telefon dazu benutzen, wofür es ursprünglich gedacht gewesen war: zum Telefonieren, und ja, hie und da eine SMS versenden oder empfangen –dazu konnte er sich auch durchringen. Trotz all dem musste er sich aber auch eingestehen, dass es mitunter schon recht praktikabel war, im Internet zu surfen, wenn man in der Straßenbahn saß; es war praktisch, aber es stahl ihm eigentlich die Zeit. Deswegen ließ er es, wenn er daran dachte, daheim.

Falk betrat, obwohl er hier schon jahrelang lebte, zum ersten Mal den kleinen, verrauchten Raum. Normalerweise kaufte er seine Zigaretten auf dem Weg zur Arbeit. Es hatte sich so ergeben und er sich gefügt. Vielleicht lag es auch daran, dass er nicht den direkten Weg zum Supermarkt genommen, sondern eine etwas größere Runde gedreht hatte, weil er der Meinung war, die frische Luft würde ihm gut tun. Der gestrige Tag, inklusive des darauf folgenden Abends, wirkte immer noch nach. Falk kaufte zwei Packungen Dunhill und legte einen Geldschein vor sich auf den Verkaufstisch. Der mittelalterliche Mann griff ihn sich, zählte das Restgeld vor Falk ab und legte es mit dem Rechnungsbeleg neben die beiden Zigarettenpackungen. Falk nahm sich das Geld, ordnete es in seine Geldbörse, steckte dann die beiden Zigarettenpackungen in seine Jackentasche, bedankte sich und wollte gehen.

„Die Rechnung!"

„Ja, die brauch ich nicht, danke."

„Nein, die Rechnung, sie müssen sie nehmen."

„Nein wirklich, ich brauch sie nicht."

„Hörens, das ist egal, ob sie die Rechnung nicht wollen, sie müssens mitnehmen."

„Warum muss ich die Rechnung mitnehmen, wenn ich nicht will?"

„Das ist ein Gesetz, in Österreich herrscht Rechnungsannahmepflicht."

„Was soll das sein?"

„Na, sie müssen die Rechnung mitnehmen."

„Und wenn ich sie vor der Türe wegwerfe?"

„Das ist egal, nehmen müssen sies."

„Das ist aber schwachsinnig."

„Kann sein, auf jeden Fall müssens jetzt bitte die Rechnung nehmen."

„Nein, mach ich nicht, das ist ja wirklich zu blöd."

Falk öffnete die Tür und verließ die kleine Trafik, deren Inhaber ihm kopfschüttelnd nachblickte, die Rechnung vom Pult nahm und in den Mistkübel zu den anderen entsorgten Belegen warf.

Der Spar war wie so oft relativ leer um diese Zeit. Nur wenige Kunden schritten die endlos langen Gänge entlang. Falk legte ein Netz Zitronen in den Einkaufswagen, zwei grüne Paprika, Butter, Käse, Sauerrahm, Kaffeeobers, um dann zur Feinkosttheke zu schlendern. Er würde die nächsten Tage am Vormittag daheim sein, was für ihn bedeutete: er konnte frühstücken. Deswegen würde es sich auch auszahlen, etwas Schinken daheim zu haben. Er hatte mittlerweile den Überblick über seine Gewohnheiten und wusste so, dass Schinken zuhause im Fall seiner Abwesenheit schlecht und ein Fall für den Mistkübel werden würde. Das entbehrte nicht einer gewissen Logik, Falk aß aber Brot, Schinken und dergleichen nur vormittags, zum Frühstück also. Wenn er am Abend daheim war, kochte er und an Tagen, an denen es später wurde, kamen seine Würstel zum Einsatz. Falks Tagesablauf, ja sein ganzes Leben, waren stark normiert; manchmal bemerkte er das, manchmal half es ihm, doch meistens lebte er in seiner selbst auferlegten Struktur einfach nur dahin.

Zehn Deka Krenschinken, fünf von der Knoblauchsalami. Das würde reichen für die nächsten Tage. Er hatte ohnehin den Käse: Ziegencamembert sowie Emmentaler. Mit dem Brot verhielt es sich so wie mit dem Aufschnitt. Es zahlte sich nur aus, wenn er die nächsten Tage auch Zeit zum Genuss dazu hatte. Das war heute der Fall, und er legte ein Kürbiskernbrot zu den anderen Dingen in seinem Wagen. Danach steuerte er das Weinregal an. Falk trank fast ausschließlich Weißwein. Er hatte zwar auch einige Flaschen Rotwein daheim, doch wenn er eine davon öffnete, trank er ein Glas und stellte die Flasche neben den Herd. Damit kochte er dann. Bei Weißwein war dem nicht so. Da reichte ihm oftmals eine Flasche nicht, er brach dann eine weitere an, die er aber nicht austrank, sondern in den Kühlschrank stellte, nur um sie eine Woche später weg zu leeren, weil er meinte, dass geöffneter Weißwein grundsätzlich spätestens am übernächsten Tag geleert werden musste. Letztendlich kamen seine Eigenheiten aber wenigstens der Wirtschaft zu gute. Genaugenommen hatte er keine Ahnung von Weinen. Er kaufte in seinem Preissegment relativ ins Blaue hinein. Es sollte ein Riesling oder ein grüner Veltliner sein, alles andere musste er eben ausprobieren. So kam es, wenn er einen für seinen Geschmack annehmbaren entdeckt hatte, dass er die Flache aufhob, um beim nächsten Einkauf wieder darauf zurück zu kommen. In der Realität sah das aber anders aus, denn er stand dann vorm Regal, konnte sich nicht einmal mehr an das Aussehen des Etikettes erinnern, geschweige denn an den Namen oder den Winzer, der den Rebensaft produziert hatte. Der grüne Veltliner aus dem Kremstal war eine Empfehlung des Monats, preislich auch gesenkt und somit seine Wahl. Er hatte zwar keinerlei Assoziationen zu Kremstal in Verbindung mit Veltliner, möglicherweise wurde er ja positiv überrascht. Er legte zwei Flaschen der Empfehlung in den Einkaufswagen und machte sich dann zu den alkoholfreien Getränken auf. Eines der wenigen Mineralwässer, welches noch in Glasflaschen abgefüllt wurde, war Preblauer. Er nahm auch hier zwei Flaschen. Das leicht salzige Wasser mit seiner nicht allzu aufdringlichen Kohlensäure trank er nun auch schon seit Jahrzehnten. Entweder hatte er sich einfach nur daran gewöhnt oder aber es war wirklich besser als die anderen. An der Kassa musste er nicht anstehen, legte seinen Einkauf aufs Förderband, räumte ihn vom selben gleich in seine Tasche, bezahlte und verließ den Supermarkt. Daheim verstaute Falk die Lebensmittel an den dafür vorgesehen Plätzen, füllte sich ein Glas mit Mineralwasser und setzte sich wieder ins Wohnzimmer. Er trank ein wenig, zündete sich eine Zigarette an, um dann wieder aufzustehen und zu seinem prall gefüllten und aus allen Nähten platzenden Plattenregal zu gehen. Es war Zeit für Nick Cave´s *Abbatoir*

Blues. Hatte er das Doppelalbum – genauer gesagt waren es ja zwei separate Alben – im Rave Up gekauft oder im Substance? Er erinnerte sich wieder: es war der Substance Store gewesen; im Rave Up hatte er damals am selben Tag das neue Pearl Jam Album erstanden, eines, das er nur selten hörte – es gehörte zu den belangloseren der Band. Er mochte den Sound von Pearl Jam, gar nicht so das Songwriting, sondern wirklich nur den Sound und die Kraft, die Emotionen, die thermisch in die Rillen der schwarzen Scheiben gepresst waren. Kraft hatte Nick Cave mit seinen Bad Seeds auch – und was für eine. Falk hatte einige Konzerte des nach England emigrierten Australiers besucht, und sie waren, unabhängig vom aktuellen Album, immer ein Erlebnis gewesen. 2010 hatte er sogar Grinderman, Cave´s Nebenband, gesehen, just an dem Tag, an dem sein Jugendheld nach siebenjähriger Pause sein erstes Konzert am Rande von Wien spielte. Nun, was tut man nicht alles für die Liebe, er war mit seiner damaligen Freundin hin gegangen, die sie unbedingt hatte sehen wollen. Ihm selbst war es zu laut gewesen, zu durcheinander; die Kraft war da, das Ergebnis war ihm aber wie großes Chaos vorgekommen. Falk drehte die Lautstärke etwas zurück, nahm das Cover mit Textblatt und setzte sich wieder auf seine schmale Bank, die Beine hochgelagert. Er murmelte die Worte mit und versank so in die Musik, die an sich schon lyrisch war, dass er rund um sich alles, nicht nur die Zeit, vergaß.

Die Zeit hatte er gestern auch vergessen. Er hatte noch einige Guinness im Shamrock getrunken. Dazu ein paar doppelte Jameson, um dann – es war etwa halb zehn am Abend – festzustellen, dass er kein Geld mehr übrig hatte. Es war also Zeit für den Heimweg geworden, den er unverzüglich angetreten hatte. Denn kam er in die Stimmung gehen zu wollen, hielt ihn nichts. Oftmals kam es vor, dass er von Einladungen zu einem bestimmten Zeitpunkt und ohne sich zu verabschieden, einfach verschwand. Mittlerweile hatten sich seine Freunde daran gewöhnt; am Anfang hatte dieses Verhalten mitunter zu peinlichen Situationen geführt. Mittlerweile war er aber kompatibler und verabschiedete sich auch das eine oder andere Mal. Falks Heimweg hatte sich zügig und einfach gestaltet; er hatte einfach Glück in solchen Situationen. Die U-Bahn war in die Station eingefahren just in dem Moment, in dem er auch dort angekommen war. Der kurze Weg von der Station zu seiner Wohnung war ihm auch nicht schwer gefallen, und so schloss er, kurz vor halb elf, seine Eingangstüre auf. Wie schon so oft fand er, in das Gitter des Küchenfensters gezwängt, ein Paket, das von seiner hochbetagten Nachbarin stammen musste. Sie fühlte sich bemüßigt, ihm immer wieder das eine oder andere zuzustecken. Letzte Woche war es eine Schnitte Presswurst gewesen, dann wieder Krapfen vom Vortag, und jetzt war es eine halbvolle Packung Jaffa-Kekse. Die Presswurst hatte er, auch weil es spät war und er zu viel getrunken und somit Heißhunger hatte, in kürzester Zeit verschlungen. Im vollen Besitz seiner geistigen und körperlichen Kräfte hätte er das niemals getan. In lichten Momenten ekelte ihm einfach nur vor Aspik und dessen Konsistenz; für ihn war das so, als würde er den Glaskörper eines Auges auf der Zunge haben. In der Wohnung legte er die Kekse ins Küchenregal und machte sich danach bettfertig, was bedeutete, dass er sich auszog, die Toilette aufsuchte, um sich kurz darauf zu Bett zu begeben, nicht ohne noch eine CD einzulegen, die ungehört bleiben sollte, weil er nach wenigen Sekunden schon tief und fest schlafen würde.

4 – Rüdigerhof

Den Rest des vorgestrigen Tages hatte Falk (bei sich) daheim verbracht, er hatte geraucht, gelesen und Tee getrunken. Dann war er, entgegen seinen Gewohnheiten, schon recht früh zu Bett gegangen. Am nächsten Tag stand er erholt auf, machte sich bereit, seine Wohnung zu verlassen und verbrachte die nächsten Stunden damit, Webseiten zu designen. Grundsätzlich arbeitete er ja daheim, erforderte es aber der Auftrag, ließ er sich auch in den vier Wänden anderer nieder. Er machte das, weil er zum ersten seine Arbeit verrichten konnte, wann er wollte, und zum anderen war der Verdienst auch nicht zu verachten. Er wurde nach Aufwand bezahlt, verhandelte seine Honorare selbst und hatte mittlerweile einen Namen, den man in der Branche auch kannte. Bei seiner Tätigkeit, seinem *Brotjob*, wie er es nannte, verging die Zeit wie im Flug; er hatte nie das Gefühl, etwas tun zu müssen, was er nicht wollte – und wer konnte das schon von sich behaupten? So gesehen hatte es das Schicksal recht gut mit ihm gemeint. Natürlich arbeitete er manchmal länger als andere, war auch gestresst und wusste manchmal nicht, wie er bis zum Abgabetermin noch alles hinbekommen sollte; war dieser aber einmal erreicht, so löste sich alles in Wohlgefallen auf, und Falk nahm den nächsten Auftrag an, der ihm zusagte. Somit lief es zugegebenermaßen recht gut für ihn. Den Rest des Tages würde er im Rüdigerhof verbringen. Er hatte sich für sechzehn Uhr verabredet. Falk hoffte, als erster dort zu sein, somit konnte er sich in den noch vorhandenen Raucherbereich setzen und musste sein Bier nicht ohne Zigaretten trinken.

Als er das Gebäude der U-Bahnstation Pilgramgasse verließ, nieselte es ein wenig. Falk suchte seine Zigaretten aus der Jackentasche und zündete sich eine an. Somit war er zumindest für die nächste Zeit mit Nikotin versorgt. Die Ampel stand auf grün, und er überquerte zügig den Fußgängerübergang. Er musste wie immer auf die Bodenmarkierung achten, denn es gab hier zwei Spuren: einen Radweg und einen für Spazierer. Der Rüdigerhof lag in der nächsten Kurve, und trotz seiner vielen Besuche hatte er immer wieder die Straßenseite gewechselt, um danach zu erkennen, dass er sich auf der falschen befand. Heute blieb er links stadteinwärts und war so auf der richtigen Seite unterwegs. Es war kurz vor vier und das

Lokal, zumindest der Raucherbereich, den man durch die Eingangstür als erstes betrat, noch nicht gefüllt; die Hälfte der Tische war besetzt. Er warf einen Blick durch den Raum und entdeckte Daniel auf einem Platz links vom Eingang.

„Ich hab mich hierher gesetzt, weil ich nicht wusste, ob du noch rauchst", waren dessen Worte zur Begrüßung. Somit war dieses Thema erledigt, und Falk konnte man eine ziemliche Erleichterung ansehen. Die *Kein-Bier-Vor-Vier-Regel* konnte heute um Punkt 16Uhr getrost angewandt werden, ansonsten hätte er sie aber einfach gebrochen. Daniel hatte schon ein Glas vor sich stehen, und als der Kellner zu ihrem Tisch kam, bestellte Falk sich ein ebensolches. Als der Kellner es vor Falk abstellte, hatte er Daniels Bestellung, Hühnerschnitzel mit Kartoffelsalat, gleich mitgebracht, was Falk für die nächsten zehn Minuten daran hindern sollte, sich eine Zigarette anzuzünden. Die ersten Minuten des Zusammentreffens verliefen mit Floskeln – was es denn Neues gab, wo der Hund begraben lag und all jenen Dingen, die man leicht abhandeln konnte, die keinerlei Tiefgang und wenig Aufmerksamkeit erforderten. Daniels Teller leerte sich, und Falks Gedanken kreisten nun umso mehr um die nächste Zigarette, die, sobald Daniel sein Besteck wohlerzogen auf dem Teller ablegte, schon zwischen seinen Lippen steckte und qualmte.

„Es ist wie es ist", eröffnete Falk nun offiziell den gemeinsamen Nachmittag.

„Du sagst es."

„Ich hab mir schon Sorgen gemacht, dass du vor mir da sein wirst."

„Aber du warst eh nicht zu spät."

„Das nicht, es ging mir eigentlich nur um unsere Plätze."

„Welche Plätze?"

„Naja, Raucher halt."

„Sitzen wir aber eh."

„Ja, aber ich hab ja nicht gewusst ob du dich nicht vielleicht in den Nichtraucher setzt."

„Nein, aber der Nichtraucher ist natürlich gschmeidiger."

„Ist er, das sag sogar ich."

„Warum willst du dann immer im Raucher sitzen?"

„Na weil es sich schwer rauchen lässt im Nichtraucher."

„Bis du wieder aufhörst –dann bist wieder ein militanter Nichtraucher."

„Das bin ich jetzt auch, also nicht Nichtraucher, aber gegen das öffentliche Rauchen."

„Das ist aber ein Widerspruch."

„Möglich, trotzdem bin ich grundsätzlich für ein allgemeines Rauchverbot."

„Das soll jemand verstehen…"

„Nein, das muss niemand verstehen, ich verstehs ja selbst nicht."

„Na wie auch immer."

„Naja schau, du weißt doch genau wie das früher war, bevor das Rauchen überall verboten worden ist. Wennst wo warst, hast du am nächsten Tag gestunken wie nur was. Das Gewand war sowieso zum Vergessen, die Haare haben nach dem Duschen immer noch dieses Raucharoma gehabt, und seitdem das Rauchen überall schwieriger ist, seitdem bin ich weniger verkatert."

„Vielleicht, ich kann das nicht beurteilen." Daniel hatte nie geraucht, vielleicht war er deswegen dem Rauchen gegenüber auch nicht so kritisch eingestellt wie Falk, der wahrscheinlich selbst gar nicht gerne rauchte, zumindest zeitweise. Falks Rauchverhalten war ein etwas Eigenwilliges. Er hatte rauchlose Phasen in seinem Leben gehabt, jahrelange. Hie und da eine Zigarre, mehr nicht. Auch seine Pfeifenphase hatte er gehabt. Wohl weil er damals erst Mitte zwanzig gewesen war und noch kein Problem mit dem Alter gehabt hatte. Jetzt, mit neununddreißig, war die Pfeife keine Option mehr. Er war sich seit einigen Monaten seiner Endlichkeit so richtig bewusst geworden und vor allem seines Marktwerts, den er drastisch mit solchen Aktionen wie eben dem Pfeifenrauchen herabsenkte. Selbst seinen Kleidungsstil hatte er mittlerweile verändert. Hatte er früher hauptsächlich schwarz und Grautöne getragen, so akzentuierte er mittlerweile seinen Stil mit schrillen Farben, von denen er wahrscheinlich früher behauptet hätte, er würde sie niemals tragen. Aber um auf das Rauchen zurückzukommen: trat ein bestimmtes Ereignis in sein Leben, das ihn etwas aus der Bahn zu werfen drohte, griff er wieder zu seiner Packung Dunhill. Bis es ihm reichte, und er von einem Tag auf den anderen zu rauchen aufhörte und das ganz ohne weiteres Verlangen danach. Wenn er rauchte, tat er das gerne, bis auf die wenigen Momente, in denen er sich darüber klar wurde, wie sinnlos es eigentlich war. Das Rauchen war Selbstzweck; man rauchte, weil man rauchte. Gut, die erste Zigarette am Morgen, die hatte wohl schon noch diese ursprüngliche Wirkung – man konnte das fast als Medikation sehen –, jede weitere rauchte man nur, weil man eben mit dieser einen begonnen hatte. Aber das Thema war für heute abgehakt, und Falk nahm erst einmal einen großen Schluck Bier aus seinem Glas. Der erste Schluck Bier verhielt sich wie der erste Zug von einer Zigarette, die man sich am Morgen angesteckt hatte. Der zweite dann aber war reine Pflicht, die Kür ließ man recht schnell hinter sich.

Den weiteren Gesprächsverlauf zu rekonstruieren – und das konnte man, wenn man die beiden kannte – war nicht schwer. Es ging um neue Platten, welcher ihrer Helden mittlerweile den Löffel abgegeben hatte, und es ging, wenn auch nur am Rande, um die Damenwelt. Falk und Daniel waren beide alleinstehend, Single, wie man es mittlerweile nannte, wobei Falk die längeren Kurzbeziehungen vorweisen konnte. Er verliebte sich schnell, nur um sich dann ebenso schnell wieder zurückzuziehen und die aufkeimende Beziehung zu beenden. Was ihn manchmal ärgerte, war aber folgendes: die nicht wahrgenommenen Chancen. Und mit *nicht wahrgenommen* verhielt es sich bei Falk so, dass er sie einfach nicht bemerkt hatte – diese Chancen. Nicht, dass er unaufmerksam gewesen wäre, es hatte sich eher um Situationen gehandelt, in denen er auf andere Schauplätze konzentriert war, nicht auf jene, aus denen er womöglich einen Vorteil für sich ziehen hätte können. Falk und Daniel kannten einander mehr als zwanzig Jahre, und so wussten sie um des Anderen Geschichte wohl Bescheid; sie hatten so vieles miteinander erlebt, um an solchen Tagen in verrauchten Lokalen immer wieder darauf zurückkommen zu können.

Die verpassten Chancen beschränkten sich in den Gesprächen der beiden hauptsächlich auf die Damenwelt. Welche damals unbeachtete Kollegin offensichtlich an einem näheren Kennenlernen interessiert gewesen war, man selbst aber nicht; oder es war spurlos an einem vorübergegangen. Falk konnte sich an das verblüffte Gesicht eines Mädchens erinnern, dem er damals, an jenem Silvesterabend erzählt hatte, dass er während der Schulzeit auf sie gestanden sei. Ihre Antwort war etwas erschreckend für Falk gewesen, sie sagte nur: „Warum hast du mir das nicht gesagt?" Nun, an diesem Abend gab es keine Möglichkeit das Versäumte nachzuholen, war Falk doch mit seiner damaligen Freundin zu dieser Feier gekommen. Danach hatte man sich nie mehr gesehen, und manchmal fragte er sich, was wohl aus ihr geworden war. Ärztin, Mutter, psychisches Wrack oder glücklicher Teil der Gesellschaft, wenn es so etwas überhaupt gab. Und er musste sich eingestehen, dass er keine Ahnung hatte, welche nun die wahrscheinlichste der Möglichkeiten war, denn was sie damals interessiert oder was sie in dieser Silvesternacht von sich erzählt hatte, war vollkommen aus seiner Erinnerung verschwunden.

Es war das *Was-Wäre-Wenn*-Syndrom, das ihm zu schaffen machte. Sie war nicht die einzige gewesen; er konnte noch einige solcher Beispiele aufzählen, die er in einsamen Stunden weiterspann, nur um letztendlich immer wieder zu erkennen, dass das keinen Sinn machte. Es gab kein *Was-Wäre-Wenn*, es war wie es war. Und im Eigentlichen war es ja so, dass es solche Situationen zuhauf gab, sie kamen immer wieder vor; bemerkt wurden sie erst im Nachhinein – deswegen waren sie ja so dramatisch für ihn.

„Was solls, vorbei ist vorbei."

„Natürlich, die Frage, die sich aber stellt, ist: wie kann man in Zukunft besser drauf schauen?"

„Gar nicht, es ist ein Glücksspiel, entweder funktionierts, oder nicht."

„Das weiß man vorher aber nicht."

„Sag ich ja. Und was hätte es für einen Sinn, wenn man im Vorhinein schon das Ergebnis kennt."

„Weiß ich nicht, leichter wärs."

„Kurzfristig, und du kannst das auch nur sagen, weil du auf deine Erfahrungen zurückgreifen kannst. Es wäre vielleicht um einiges langweiliger."

„Möglich, aber es wäre vielleicht auch ruhiger, das Ganze, und nicht so aufwühlend."

„Aber das ist es doch genau, was das Leben ausmacht. Es wäre vollkommen sinnlos, wenn es manchmal eben nicht drunter und drüber gehen würde. Was wäre das für ein Leben, wenn du am Morgen schon wissen würdest, wie der Tag verlaufen wird beziehungsweise dass eigentlich nichts passieren wird, was nicht schon jetzt offensichtlich ist. Das ist doch genau das, was so viele frustriert: jeden Tag die gleiche Leier."

„Naja, es muss ja nicht gleich so extrem sein."

„Nein, es muss gar nichts extrem sein, aber die Extreme lassen uns unsere Grenzen kennenlernen."

„Ich kenn meine Grenzen eh."

„Ja, aber nur, weil du darauf gestoßen worden bist, und von selbst stößt sich niemand an die Grenzen, oder?"

„Vielleicht."

„Ganz bestimmt sogar."

Falk und sein Freund saßen bis knapp neun Uhr abends an ihrem Tisch und tranken. Sie verabschiedeten sich im Licht der Straßenlaternen – mittlerweile nieselte es nicht mehr – und gingen dann in entgegengesetzte Richtungen. Falk war es nicht unrecht, dass der Abend nicht allzu lange gedauert hatte. Er fühlte sich schon seit geraumer Zeit müde. Vielleicht aber wurde er auch krank. Seinen Geburtstag, wie schon einmal, wollte er nicht wieder im Bett verbringen. Er musste zwar keineswegs besonders sein, dieser Tag; allerdings mit Fieber darniederzuliegen und ihn leidend oder gar schlafend zu verleben, passte ihm gar nicht. Die vorher noch so belebte Straße war mittlerweile wie ausgestorben, und er fragte sich, wo all die Menschen, die am Nachmittag noch geschäftig unterwegs gewesen waren, sich nun befanden. Saßen sie daheim vor ihren Fernsehgeräten, um sich berieseln zu lassen? Mit Filmen, die – egal welches Genre – immer nach demselben Muster abliefen? Oder saßen sie in einem der vielen Lokale, in denen sich die Luft schneiden ließ, weil das Publikum keinen Nichtraucherbereich benötigte? Als er die U-Bahn verließ, um den letzten Teil seines Heimwegs anzutreten, bemerkte er, dass der Maronistand am Ausgang der Station gerade am Schließen war. Er wollte sich ein Stanitzel gönnen, sofern ihm der Verkäufer noch etwas verkaufen würde. Und Falk hatte Glück. Er bekam, wie das fast schon Tradition war, zwei der heißen Früchte zu seiner Bestellung dazu geschenkt und hatte somit etwas gegen den aufkommenden Hunger, der ihn, wie wir schon wissen –erst einmal daheim angekommen–, in das Eisfach seines Kühlschranks greifen ließ, um sich einer Packung Frankfurter zu widmen. Hatte er eine aufkommende Midlife Crisis? Oder war es eine dieser Routinekrisen, die er immer wieder sich aufkommen verspürte, die sich dann aber schnell wieder legten. Heute wollte er es nicht mehr beurteilen. Als er seine Wohnungstür aufsperrte und kurz einen Blick ins Küchenfenster warf, musste er feststellen, dass dort heute nichts auf ihn wartete.

5 – Fieber

Am nächsten Morgen erwachte er mit Fieber und Halsschmerzen. Es hatte ja so kommen müssen. Nun gut, es waren noch neun Tage bis zu seinem Geburtstag, und im Eigentlichen hatte er keinen Plan, was an diesem Tag passieren sollte. Erstmal stieg er aus dem Bett und ging aufs Klo; dann wieder retour, drehte sich auf die Seite und versuchte wieder einzuschlafen. Was sollte es, krank war krank und er niemand, der seine Krankheit nicht auskostete. Zwei Stunden später wachte er erneut auf, die Halsschmerzen waren immer noch da, und jetzt wollte er das Fieber messen. Er fühlte sich elend, und als er nach dem Piepsen auf das Thermometer schaute, sah er sich bestätigt: 37,6°C. Das bedeutete mindestens drei Tage Bettruhe. Eine akute Männergrippe sozusagen. Erst versuchte er zu lesen, dazu schien er aber zu unkonzentriert. Dann kochte er sich Tee, goss einen Schluck Rum dazu und brachte den Kandiszucker in seinem roten Guinnesshäferl zum Rotieren. Dann schlüpfte er wieder unter die Decke und schaltete seinen Laptop ein. Die *News of the World* brachten keine neuen Erkenntnisse, sein Postfach enthielt zuhauf Spam, der ihm einen längeren Penis, anhaltendes Stehvermögen oder aber auch Gewinne in Millionenhöhe versprach. Die Bank, bei der er kein Kunde war, forderte ihn auf, sein Passwort zu überprüfen, und sonst gab es zwei oder drei Newsletter, für die er sich registriert hatte oder auch nicht, so genau war das nicht mehr zu rekonstruieren. Der Tag hatte also schon gut begonnen. Zum richtigen Leiden war Falk nicht krank genug, für etwaige Tätigkeiten zu wenig gesund. Er griff, nachdem er den Laptop, ohne ihn hinunterzufahren, zugeklappt hatte, zur Fernbedienung und schaltete den Fernseher ein. Das Programm plätscherte vor sich hin, und er ergab sich den üblichen Unterschichtsdramen, die ihn wieder langsam in einen unruhigen Schlaf gleiten ließen. Kurz vor zwölf Uhr Mittag wurde er durch das Läuten des Briefträgers geweckt. Er schlurfte zur Wohnungstür und öffnete sie. Auf seiner Türmatte lag ein Paket; der Größe nach müsste es eine Schallplatte sein. Das Internet machte ihn zeitweise zu einem armen Mann. Nun, es war nicht so tragisch, wenn man bedenkt, dass er deswegen keinen Hunger leiden musste. Er lebte eben fast das ganze Jahr an seinem finanziellen Limit. Andererseits, wer tat das nicht. Als Single brachte das ein klein wenig Unsicherheit mit sich.

Gut, es gab Eltern, die einem im Notfall finanziell etwas unter die Arme griffen, aber trotzdem: es war etwas anderes ohne täglichen Rückhalt und sei er eben auch nur rein finanzieller Natur. Ein Freund hatte ihm damals –er war selbst erst dreizehn Jahre alt – in der Windmühlgasse, gleich zwischen Mariahilfer Straße und Gumpendorfer-straße, den Teuchtler gezeigt. *Alt und Neu* stand auf dem Schild, das bei trübem Wetter auch leuchten konnte. Von diesem Tag an, war sein Jäger- und Sammler -Gen aktiviert, und er steckte einen Großteil seines Einkommens in seine zügig wachsende Plattensammlung. Anfangs waren der Teuchtler, sämtliche Second Hand Plattenläden der Stadt und die immer wieder stattfindende Plattenbörse seine Hauptbezugsquellen von Schallplatten, in Ausnahmefällen auch von CDs. Bis zu dem Punkt, an dem er dort nur noch in seltensten Fällen etwas fand. Das Internet stand gerade in seiner Blüte, und der Onlinehandel, vor allem Ebay und discogs, befriedigte ab da seinen Durst nach dem schwarzen Gold. Bis auch dort das Angebot, ob seiner schon getätigten Käufe, auszudünnen begann. Es gab für ihn sehr wohl Schmerzgrenzen; überteuerte Angebote ignorierte er ohnedies. Platten, die es aber wert waren, Einzug in seine Sammlung zu finden, kaufte er aber doch. Es gab den Zeitpunkt, an dem er begonnen hatte, Listen zu verfassen, was ihm denn noch fehlen würde. Er arbeitete sich durch, hatte bald alles von der ursprünglichen Version seiner Aufstellung, doch die Liste selbst wurde nicht kürzer; im Gegenteil: es kamen immer wieder Alben dazu. Dann begann er Singles zu sammeln, vor allem wegen der B-

Seiten. Dann sollten es auch noch die restlichen Singles sein, alleine schon der Covers wegen, letztendlich will man ja eine komplette Sammlung. Es nahm also kein Ende. Er hatte es mittlerweile erkannt. Früher arbeitete er darauf hin, Dinge abschließen zu können, bis zu dem Zeitpunkt, an dem er erkannte, dass es in vielen Fällen gar nicht möglich war, etwas abzuschließen. Das ganze Leben war ein *work-in-progress*, mit manchem musste man einfach leben, und der Abschluss würde kommen – kein Zweifel –, doch darauf würde er keinen Einfluss mehr haben. Auf die Platte, die er jetzt in seinen Händen hielt, hatte er sehr wohl Einfluss gehabt. *„Bringing down the Horse"* von den *Wallflowers*. Nach zwanzig Jahren erstmals als Vinyl. Er hatte das Album, als es erschienen war, rauf und runter gespielt. War es wirklich so gut gewesen, oder hatte es daran gelegen, dass es Bob Dylans Sohn war, der hier sang. Möglicherweise traf beides zu. Er riss das Cellophan auf und brachte die beiden Scheiben, die in weißen Innenhüllen steckten, zum Vorschein. Die Unkultur, mittlerweile die meisten Veröffentlichungen gleich als Doppelalbum herauszubringen, war ihm ein Dorn im Auge. Gut, es gab Gründe: nur eine bestimmte Menge an Musik hatte auf so einer Seite Platz; dass aber auch Platten, die locker als Einfach-LP durchgehen würden, auf vier Seiten aufgeblasen wurden, und man mitunter nach acht oder neun Minuten die Seite wechseln musste, war ein völlig sinnloses Unterfangen. In manchen Fällen würde es auch reichen, nur drei Seiten zu füllen und die vierte eben leer zu lassen. Es gab solche Beispiele: Nick Cave hatte das getan, um nur eines zu nennen. Nun, die Marketingabteilungen tickten eben anders als Falk. Er ging zu seinem Plattenspieler, der auf einem Regal von Ikea stand, hob den Deckel ab und holte die erste Scheibe aus ihrer Innenhülle, die nicht einmal gefüttert war –von bedruckt wollen wir gar nicht sprechen. Nach wenigen Sekunden begann *One Headlight,* doch Falk hörte nichts, nur die leisen Geräusche, die die Nadel selbst von sich gab. Er hatte wieder einmal vergessen, den Verstärker einzuschalten. Das tat er nun und ärgerte sich nachträglich über seine Unachtsamkeit. Denn ein Song sollte von Anfang an gehört werden, genauso wie es eine Unart war, mitten im Lied abzubrechen. Despektierlich konnte man da ohne Umschweife sagen. Falk drehte die Lautstärke ein wenig zurück und verzog sich wieder in sein Bett. Es ging ihm etwas besser als am Morgen; ob er sich an seinen Zustand gewöhnt hatte oder sein Organismus erfolgreich gegen die Männergrippe kämpfte, war nicht so genau zu sagen.

Er war mittlerweile im Biedermeier angekommen. Natürlich hatte er noch seine Auswärtstermine, lange Abende in diversen Lokalen, die aber örtlich gesehen, immer näher an sein Domizil rückten. Weite Wege zu später Stunde nahm er nicht mehr auf sich. Ebenso besuchte er um einiges weniger an Konzerten und anderen Veranstaltungen. Auch die erste Reihe musste es nicht mehr sein; er stand lieber in der Nähe des Ausgangs, beim Ausschank oder eben dort, wo weniger andere Besucher sich aufhielten. Und er kam gerne noch am selben Abend nach Hause. Ob das an seinem Alter lag, oder ob er einfach genug erlebt hatte und keinen Wert mehr darauf legte, überall dabei zu sein und gesehen zu werden, war eigentlich egal. Es störte ihn nicht, nicht mehr alles mitmachen zu müssen. Nach dem dritten Song musste er die Platte umdrehen. In diesem Fall war es aber nicht so schlimm. Es waren die Neunziger gewesen, die Songs waren in vielen Fällen zu lang, die Alben, damals eben hauptsächlich CDs, ebenfalls. Es war nett, knappe achtzig Minuten auf so eine kleine Silberscheibe zu bringen; nett war aber auch der kleine Bruder von Scheiße, und der Nebeneffekt dabei war, dass zu viel Musik auf solchen Alben landete – im Regelfall. Die zweimal zwanzig Minuten einer LP hatten schon ihr Gutes gehabt. Wäre er im Musikgeschäft – er würde nur LPs machen. Doch so weit war es nie gekommen. Abgesehen vom Traum eines fünfzehnjährigen Musikfreaks war nicht viel geblieben. Gut, in seiner Schulzeit hatte er versucht zu schreiben. Stücke, weil er es als schwierig empfunden hatte, über mehrere Seiten eine stringente Handlung zu erzählen. So wählte er jene Form und ließ sich auf die Dialoge ein, die ihm um einiges leichter gefallen waren. Von einem Stück hatten sie sogar eine Szenische Lesung abgehalten, damals im Deutschunterricht; dabei war es auch geblieben. Eine Aufführung war angedacht worden, die Idee hatte sich aber über die Sommerferien wieder verflüchtigt. So hatte er – abgesehen von einigen wenigen Artikeln, die er in seiner Studienzeit für diverse Fanzines verfasst hatte – das Schreiben gelassen und war dazu übergegangen, nur noch Konsument zu sein. Aus den Lautsprechern bahnte sich

„*The Difference*" den Weg zu seinen Trommelfellen. Der Song erinnerte Falk an dieses Mädchen. Sie war sportlich gewesen, war es vielleicht immer noch, er wusste es nicht. Ein Jahr hatte es gehalten, und es war seine erste Beziehung, von der er geglaubt hatte, dass sie bis an sein Lebensende halten würde. Dementsprechend stürzte auch seine Welt zusammen, als er erfuhr, dass die Angebetete – und man konnte sie getrost so nennen – sich auch noch mit einem anderen traf. Heute lachte er darüber. Er konnte sich gar nicht mehr so recht an sie erinnern; vielleicht an einige Erlebnisse, wenn überhaupt. Falk und sie hatten den Maturaball ihrer Schule besucht; er war wieder betrunken gewesen – was er damals sehr oft war –, hatte am Heimweg um sechs Uhr früh auch noch vor die Polizeistation gekotzt, aber davor an diesem Abend noch einige Freunde getroffen, die er seit seinem Austritt aus dem Gymnasium nicht mehr gesehen hatte. An eines der vielen und vor allem sinnlosen Gespräche mit ihnen konnte er sich noch erinnern. Es ging dabei um Frauen und deren Speicheldrüse. In Wahrheit war die Speicheldrüse wohl nur ein Vorwand, welches eben jener Freund als Untermauerung seiner Frauenlosigkeit ins Feld führte. Er konnte es sich nicht vorstellen, mit jemandem zusammen zu sein, der eine selbige besaß und vielleicht auch noch andere innere Organe, die arbeiteten und laut seiner Theorie ekelhafte Dinge taten. Das Internet hatte dazumal noch nicht den bildenden Auftrag, den es heute hat, sonst wäre es wohl nicht nur bei der Schilderung der Funktion innerer Organe geblieben. Was Falk dann mit seiner

Begleiterin etwas abseits des Geschehens machte, war ihm entfallen. Es war wohl zu lange her. Er schüttelte den Kopf. Dinge, die man sich über Jahrzehnte hinweg merkte, ergaben später oftmals wahrlich keinen Sinn. Mittlerweile hatte er Hunger bekommen. Er ging in seine Küche, öffnete den Kühlschrank und blickte in gähnende Leere. Bis auf ein Stück Butter, einige Gläser mit Essiggurken, Silberzwiebeln und Pfefferoni lag dort nur eine fast ausgequetschte Tube Senf. Den Rest strich er auf eine harte Semmel und bemerkte leider etwas zu spät, dass er sie im Backrohr wohl etwas aufbacken hätte können. Egal, er war ohnehin krank. Was diese Erkenntnis aber mit sich brachte war, dass er wohl oder übel seine Wohnung würde verlassen müssen, um nicht auch noch den Hungertod zu erleiden. Aber das konnte warten. *I wish I felt nothing*, ein im Moment sehr passender Song, beschloss das Album, und Falk ging ins Wohnzimmer, um Neil Youngs neueste Platte aufzulegen.

6 – Café Ritter

Zwei Tage später wachte Falk schweißgebadet auf. Er fühlte sich wesentlich besser als an den vorangegangenen Tagen. Das allgemeine Krankheitsgefühl war über Nacht verschwunden. Sein letzter Traum hing noch in seiner Erinnerung, und er versuchte ihn, noch schlaftrunken, zu rekonstruieren. Er hatte geträumt, dass er sich im Ohr gekratzt und daraus mehrere rundliche Fremdkörper zum Vorschein gebracht hatte. Im ersten Moment hatte er an überdimensionale Krusten gedacht, an das Aufbrechen von Talgeinschlüssen, doch bei näherer Betrachtung bemerkte er, dass es sich um Weintrauben beziehungsweise deren Beeren handelte, die er aus seiner Ohrmuschel entfernte. Er überlegte kurz, was wohl die Bedeutung des nächtlichen Hirngespinstes sein könnte, was er dadurch verarbeitet hatte, konnte sich aber keinen Reim darauf machen und stand – genau so schlau wie vorher – auf.

Zu Mittag saß Falk im Café Ritter und wartete auf Paul. Sein Freund hatte den Treffpunkt vorgeschlagen. Paul war gerade frisch geschieden, kaute noch daran, vor allem weil er die Kinder nur als Besucher sehen konnte, und hatte eben deshalb die regelmäßige Pflege seiner sozialen Kontakte mehr als nötig. Er kam, wie schon immer, zu spät. Pauls Zuspätkommen war eine Eigenschaft, die nicht mehr extra erwähnt werden musste. Viele seiner Freunde nahmen die ganze Angelegenheit gelassen hin und kamen selbst eine Viertelstunde zu spät, wenn sie ihn zu treffen gedachten. Das Café Ritter war in einen Nichtraucher- und einen Raucherbereich geteilt worden, somit saß Falk, trotz seiner gerade erst abgeklungenen Verkühlung, mit einer Dunhill an einem kleinen Tisch im Raucherbereich und wartete. Zum Ritter hatte er ein zwiespältiges Verhältnis. Es war ihm immer etwas zu voll, egal wann man es betrat; die meisten Tische waren besetzt und die Kellner überfordert und mieselsüchtig; auf der anderen Seite lag es zentral, war leicht zu erreichen, und er hatte dann nicht weit heim. So machte er Abstriche bei der Freundlichkeit der Bedienung, zog an seiner Zigarette und versuchte am Eingang seinen Freund zu entdecken, der aber immer noch auf sich warten ließ. Paul war einer jener Schulfreunde gewesen, die immer mit der neuesten Technik ausgestattet waren. Er hatte den ersten Computer der Klasse mit Internet gehabt und, im Vergleich zu den anderen, ein Zimmer, das fast einer kleinen, aber eigenen Wohnung glich – war es durch eine eigene Eingangstür zu betreten gewesen. Obwohl – bei Paul wäre das gar nicht nötig gewesen. Seine Eltern beziehungsweise sein Vater kümmerten sich recht wenig um ihn. Nachdem seine Mutter das gemeinsame Haus verlassen hatte, um sich neu zu finden, ließ es sein Vater gar nicht zu, mit der Situation überfordert zu sein. Er betrachtete seinen Sohn als Mitbewohner, für den er finanziell sorgen musste; ansonsten war er der Meinung, dass Paul mittlerweile in einem Alter war, in dem er sich um sich selbst kümmern konnte. Als Jugendlicher war das natürlich eine willkommene Nebenerscheinung einer Trennung. Und so kam es, dass Pauls Refugium damals in der Regel *der* Treffpunkt gewesen war. Es gab dort keine Eltern, die alle halbe Stunden die Nase zur Tür hereinsteckten und irgendwelche Fragen vorschoben, ob alles ok wäre, ob sie Hunger hätten und dergleichen, nur um zu sehen, was sie da hinter verschlossener Tür taten. Ein weiterer Vorteil bei Paul war, dass er die beste Musikanlage besaß. Spielten viele ihre Kassetten und CDs noch auf tragbaren Geräten mit eingebauten Lautsprechern ab, so stand in Pauls Zimmer ein High-End-Gerät erster Klasse. Und wie das Schicksal so spielt, hatte er die beste Anlage und hörte darauf die schlechteste Musik. Zumindest nach Falks Geschmack. Paul besaß eine Unmenge an CDs, die ihm aber allesamt nichts bedeuteten; er hatte alles, was im Radio kam, was die Charts hergaben und was man eben so im Regal stehen haben musste, ganz gleich ob es Sinn machte oder nicht. Anscheinend gab es ein ungeschriebenes Gesetz diesbezüglich – Scheißanlage und gute Musik oder eben umgekehrt. Die Exklusivität der Jugend hatte Paul im Laufe der Jahre verloren. Mittlerweile wohnte er, auch aufgrund der Trennung, in einer vierzig Quadratmeterwohnung im Achten. Sein Kleidungsstil ließ aber schon seit geraumer Zeit nicht mehr auf die zumindest finanziell sorgenfreie Jugend schließen. Er setzte sich mit seiner abgewetzten Cordhose – Schnürlsamt schoss es Falk durch den Kopf – lediglich zwanzig Minuten verspätet Falk gegenüber und bestellte sich beim Kellner, der zufällig gerade eine Bestellung am Nachbartisch aufnahm, ein kleines Bier.

„Die lassen sich nicht zählen", sagte Falk mit einem Grinsen auf den Lippen.

„Wozu auch? Willst du immer wissen, was du getrunken hast?"

„Naja, eigentlich schon."

„Du warst immer schon ein Beamter. Listen, Listen, Listen, zu allem Aufstellungen und alles bitte immer im rechten Winkel."

„Naja, ganz so schlimm ist es nicht."

„Ja, weils dir mittlerweile zu viel Arbeit ist, du wirst alt."

„Hör mir auf damit, du bist nicht einmal ein Jahr jünger als ich."

„Ja, mir ist das aber gleich."

„Mir auch."

„Schaut aber grad nicht so aus. Schon was geplant für nächste Woche?"

„Ich schwanke noch."

„Ich hoffe, du schwankst nächste Woche, und das nicht alleine."

„Mal sehen."

„Ja, so warst du schon immer – abwarten bis es vorbei ist und sich dann giften. Es kommt, wies kommt, und dann muss mans nehmen, aber das lernst du wohl nie."

„Sei nicht so hart zu mir."

„Das is nicht hart, das is die Wahrheit, aber niemand will die hören, vor allem wenns ihn selbst betrifft. Du hast immer alle Chancen vertan."

„Welche Chancen hab ich jetzt wieder vertan?"

„Geh bitte, das weißt du ganz genau, die Kerstin, die Gabi, die Julia…"

„Ja, lass ma das, wechseln wir das Thema, wie ists so in deiner neuen Wohnung?"

Falk wollte nicht schon wieder über ungenutzte Chancen sprechen, das Thema hatte er mit Daniel zur Gänze erörtert, es war also, zumindest fürs kommende Jahr abgehandelt.

„Für mich reichts. Ein Bett, ein Bad, ein Fernseher, was braucht man mehr? Und außerdem bin ich eh so gut wie nie zu Hause."

„Chancen wahrnehmen?"

„Wenn du so willst. Ich war das letzte Mal vor gut zwölf Jahren in dieser Situation, wer weiß, ob es sie noch einmal geben wird."

„Der Marktwert ist also gestiegen?"

„Wem sagst du das; im besten Alter, keine Kinder und rund um die Uhr eine sturmfreie Bude."

„Zu beneiden."

„Möglich, bei dir ist das aber auch nicht anders."

„Vielleicht."

„Nana, nicht nur vielleicht. Deine Situation ist gar nicht so anders als meine. Du hast ein geregeltes Einkommen, eine Wohnung, keinen Anhang, schirch bist auch nicht, also nutz es. Es ist schneller vorbei als du glaubst. Und jetzt mal im Vertrauen: nachholen wirst du nix können."

„Bist du jetzt unter die Philosophen gegangen?"

„Nein, das sind Erfahrungswerte, die mögen vielleicht nicht auf alle und in jeder Situation zutreffen, aber im Grunde stimmt das, was ich sag."

„Du hast dir da vielleicht immer schon leichter getan als ich."

„Na das ganz sicher, du denkst zu viel nach."

„Und du zu wenig."

„Möglich, aber manchmal ist Gar-nicht-denken auch ganz fein."

„Woher willst du das wissen, wenn du nicht darüber nachdenkst."

„Eins zu null für dich."

„Ha."

„Aber nimm dir das zu Herzen, oder besser: denk mal nach darüber. Herumsitzen und Löcher in die Luft starren kannst immer noch, wennst einmal alt bist. Nutz die Zeit! Is vielleicht schneller vorbei als du glaubst."

„Möglich."

„Jetzt hör mit deinem Möglich einmal auf. Im Endeffekt hast du eh nur Bindungsangst."

„Was hab ich?"

„Na Bindungsangst. Wenn sich bei dir eine Chance auftut, dann denkst nach und das so lange, bis alles wieder vorbei ist."

„Na ich mach mir eben Gedanken."

„Blödsinn, du suchst immer nach einer Ausred, immer irgendwas, das dir nicht passt, damit du dich auf ja nichts einlassen musst."

„Das ist jetzt übertrieben."

„Glaubst du? Wenn ich mir deine Karriere als Frauenversteher anschau, dann bleibts beim Versteher. Du bist doch im Endeffekt der, der immer der gute Freund bleibt."

„Das stimmt so nicht."

„Und wie das stimmt. Die Phase, in der was weitergehen würde, die vertust du mit deiner Nachdenkerei und dann, dann ist es zu spät."

„Wollten wir nicht über was anderes reden?"

„Man redet immer über das, was gerade ansteht. Und das steht gerade total an, sonst würdest du nicht das Thema wechseln wollen."

„Klugscheißer."

„Natürlich. Und das ist dein schlimmster Albtraum. Jemand der dir die Wahrheit an den Kopf wirft, eine Wahrheit, die du ohnehin selbst kennst. Also, was is geplant für Donnerstag?"

„Bisweilen noch nix, ich überleg noch."

„Siehst du, das ist genau das, was ich meine, und am Freitag wirst du aufwachen, und es wird zu spät sein. Man wird nur einmal vierzig."

„Ja, man wird auch nur einmal einundvierzig."

„Richtig, aber vierzig ist da wohl etwas anderes."

„Und warum genau? Warum muss man an diesen sogenannten runden Geburtstagen immer irgendetwas Besonderes machen?"

„Müssen tut man gar nichts – außer man möchte und dass du möchtest, naja, das wissen wir wohl beide."

Falk schüttelte eine weitere Dunhill aus der Packung und steckte sie an. Auch wenn Paul Recht haben mochte, er konnte nicht so einfach über seinen Schatten springen, zumindest nicht von heute auf morgen. Und im Übrigen war es mittlerweile wohl zu spät um eine angemessene Feier zu organisieren. Doch was war eine angemessene Feier? Er könnte einen Tisch reservieren, seine wichtigsten Freunde einladen, so etwas eben. Nichts Anspruchsvolles, etwas, das am nächsten Tag auch gleich wieder vergessen sein konnte. Oder er lud sie alle in eines seiner Stammlokale ein. Dort wo er die meisten seiner Freunde eben auch zu seinen *Audienzen* empfing, gleich am Tisch neben den Toiletten. Es war eine Schwierigkeit sich zu entscheiden, Falk tat sich schwer damit, vor allem wenn Paul ohne Unterlass auf ihn einredete, dass es seine verdammte Pflicht – zumindest seinen Freunden gegenüber wäre, etwas für diesen Tag zu organisieren. Nun, er würde sehen, worauf er sich einlassen konnte; vorerst einmal musste er dieses Treffen hinter sich bringen.

7 – Gregor

Als Falk am darauffolgenden Abend auf seiner Zweisitzercouch saß, die Beine auf einem Sessel, schwarzen Tee schlürfte und „Alibi" von Elvis Costello hörte, erinnerte er sich an die Zeit, in der er dieses Album gekauft hatte. Er hatte sich das Doppelalbum *When I was Cruel* wohl etwas nach dem Erscheinungsdatum zugelegt. Es war Costellos Scheidungsplatte gewesen. Nach mehr als zehn Jahren Ehe hatte sich das Paar getrennt, und Elvis versuchte wohl, die Erinnerungen und Geschehnisse zu verarbeiten. Seine Ex, Cait O´Riordan, kam dabei gar nicht gut weg. Selbst wenn man vieles relativierte, was er auf diesen schwarzen Scheiben auskotzte, musste sie eine ziemliche Herausforderung gewesen sein. Nun, es relativierte sich wohl alles mit der Zeit, und auch Elvis war wieder verheiratet, nun mit Diana Krall. Hätte man ihm gar nicht zugetraut, dachte Falk bei sich und schmunzelte. Den Beginn der Beziehung konnte man auf Costellos Album *North* nachhören, sein erstes für die Deutsche Grammophon. Vor einigen Jahren war Falk ebenfalls auf seiner Zweisitzercouch gesessen, hatte seiner Musik gelauscht und war damals mit diesem Mädchen zusammen gewesen, die nur wenig von ihm verstand. Sie meinte zwar des Öfteren, dass sie ihn bewunderte, jedoch sagte sie auch, dass sie nie so richtig wusste, was in ihm vorging. Es war zu einer Zeit, zu der er noch relativ verschlossen war. Wahrscheinlich war das Dylans Einfluss gewesen: viele Worte, doch niemand konnte sie deuten; in vielen Fällen Falk selbst nicht. Wie auch immer sie geheißen haben mochte, sie kam auch mit seiner Musik nur in den seltensten Fällen klar. Und wenn er dann so da saß, stundenlang seine Platten spielte, war sie es, die ihn nach einiger Zeit darauf hinwies, dass er nicht alleine war und eben nicht andauernd seine Musik spielen solle. Das führte an jenem Abend zu einem kleinen Streit, den Falk damit beendete, dass er die gemeinsame Wohnung mit einem Stapel Platten unter dem Arm verließ. Zuvor hatte er Gregor angerufen, er wohnte nur zehn Minuten entfernt, und war so etwas wie seine Anlaufstelle, wenn es um Musik und verwandte Themen ging. Sie kannten sich mittlerweile schon viele Jahre, und es war ein Glücksfall, dass er letztendlich selbst in diese Gegend gezogen war. Vor dieser Zeit, waren diese Treffen immer mit der Mühsal des Heimwegs verbunden gewesen. Quer durch Wien zu später

Stunde war mit einem gewissen Pegel an Alkohol im Blut auch kein Vergnügen. Nun, diese Zeiten waren endgültig vorbei und – nach einem kurzen Intermezzo in Hietzing – hatte er nun wieder den Boden der Heimat unter seinen Füßen.

Falk hatte zuvor noch das kleine Lokal an der Ecke aufgesucht, um nicht mit leeren Händen vor Gregors Tür zu stehen. Dann, in dessen Junggesellenbude angekommen, hatte er auf seinem angestammten Fauteuil Platz genommen und Gregor den mitgebrachten Plattenstapel übergeben. Der Grund dieses Treffens wurde nicht zur Sprache gebracht, warum auch, jetzt ging es um Cash, Costello und Strummer, damit lagen genügend Themen für einen Abend auf dem Tisch. Es musste eine der beiden letzten *American Recordings* von Johnny Cash gewesen sein, die Falk mitgenommen hatte. Cash war vor kurzem verstorben, der Nachlass hatte noch nicht den Weg in die Regale der Plattenhändler gefunden, und somit beschließen wir hier, dass sich wohl *The Man comes around* am Plattenteller drehte. Die sogenannte Vinylausgabe – wie Falk dieses Wort hasste: Vinyl, als ob man Bücher lediglich Papier und CDs Polycarbonat nennen würde – hatte zwei Tracks mehr als das reguläre CD-Album; und wäre dem nicht schon genug gewesen, war *The Man comes around* als Platte einen Monat vor der CD erschienen. Das waren die Themen, die an jenem Abend die Runde machten. Es gab wieder mehrere Lobgesänge auf das LP-Format, dass es so gut wie nichts Neues gäbe, bis auf einige Obskuritäten.

Diese Treffen liefen im Grunde immer nach dem gleichen Schema ab. Einige neue Errungenschaften auf dem Platten- oder Filmmarkt wurden kurz angeschnitten, dann kam man für eine Weile auf Politik zu sprechen, um – nach einiger Zeit des Trinkens – wieder in vertraute Gefilde abzutauchen, was bedeutete, sich über die üblichen Verdächtigen – sprich Helden – zu unterhalten. Dazwischen streute Falk kleine Anekdoten ein, die er sonst wo aufgeschnappt hatte. Wenn es nicht um Heinz Conrads oder Ernst Waldbrunn ging, konnte auch schon mal eine obskure Begegnung mit einem Fremden herhalten, der, als er damals in der Wüste – wo auch immer – feststeckte, seine leere Autobatterie mit Eigenharn aufgefüllt hatte, um so wieder vom Fleck zu kommen und nicht den Geiern ausgeliefert zu sein. Gute Geschichten mussten im Grunde nicht wahr sein, sie mussten sich nur zugetragen haben können; dann war eigentlich alles im Lot. Und ob alles stimmte, was man den lieben langen Tag so zu hören bekam, wer konnte das schon überprüfen? Schlussendlich waren sie sich einig, dass sie wohl die beste, erreichbare Musik hörten. Natürlich besaßen sie auch schlechte Platten, aber sie wussten es, und hatten sie sich bewusst gekauft. Falk interessierte sich oftmals mehr für die Rohrkrepierer seiner Helden als für deren Hits – waren sie doch verschmäht, und es haftete ihnen eine Aura des Verbotenen an. Im Endeffekt musste man sich abgrenzen, man musste eine Antwort parat haben, man musste tiefer gegraben haben als all die Festplattenkopierer, welche in wenigen Minuten ganze Lebenswerke ihr Eigen nennen konnten ohne jemals auf der Jagd gewesen zu sein, ohne jemals eine dieser Platten nach jahrelanger Suche in der hintersten Ecke eines Plattenladens entdeckt zu haben. Es war so ähnlich wie bei jenem Typ Mensch, der, nachdem er ein neues Buch gekauft hatte, erst einmal daran roch. Unverständlich für viele, ein Erkennungszeichen für Gleichgesinnte.

Was Falk von Gregor unterschied, war, dass er in seinem Leben schon Mehrfachkäufe getätigt hatte. Verschiedene Formate, verschiedenen Ausgaben, angepasst an die eigenen Möglichkeiten oder den Gesetzen des Marktes geschuldet. Begonnen hatte alles mit Platten, selbst in der Zeit, als sie schwerer zu bekommen gewesen waren. Die letzten österreichischen Pressungen stammten aus dem Jahr 1992, danach gab es so gut wie nichts mehr auf Schallplatte und wenn, dann waren die Auflagen so gering, dass sie den Weg in die kleinen Plattenläden nicht mehr fanden oder die Preise überstiegen Falks finanzielle Möglichkeiten. International wurde zwar weiterhin auf Vinyl gepresst, mit der Erreichbarkeit der Stücke war es aber ein Ähnliches. Also unterwarf sich Falk den Gegebenheiten – widerwillig – und erstand auch CDs. Bis zu dem Zeitpunkt, an dem sein Plattenspieler den Geist aufgab, sich weigerte, Töne von sich zu geben. Falk nahm es hin und kaufte manche Schlüsselalben, zumindest jene, die er auch hören wollte, auf CD nach. Das führte dazu, dass er einige seiner Platten zum Verkauf anbot, er trug sie dann in Secondhandläden und investierte den geringen Erlös in weitere CDs. Mit einem neuen Plattenspieler änderte sich diese Situation und Falk begann, bereits besessene Platten wieder nachzukaufen. Doch das war in diesen Jahren leichter gesagt als getan. Vieles war nicht mehr erhältlich, Sammlerpreise gaben den Ton an und Falk sein Geld aus. Nicht nur, dass er manche Alben nun zum dritten Mal kaufte, nach LP und CD eben nun ein weiteres Mal als Platte, waren einige gar nicht mehr zu bekommen. Dazwischen überkam ihn immer wieder der Anflug einer Erkenntnis, dass die randvoll gefüllten Regale mehr Last als Freude bereiteten, und er mistete aus, trug säckeweise seine Errungenschaften in besagte Läden, investierte das so gewonnene Geld in diverse Interessen und fand sich nach nicht allzu langer Zeit wieder vor der Herausforderung, seine Sammlung ein weiteres Mal zu vervollständigen. Dann durchlebte er die Zeit, in welcher er Platten erstand, die er beim ersten Anlauf nur als CD gekauft hatte. Und so drehte sich das Karussell immer weiter, und es war kein Ende abzusehen. Der letzte große Meilenstein des Marktes – sieht man einmal von völlig überladenen, aber inhaltslosen Deluxe-Editionen ab – waren Neuauflagen, die Bonustracks enthielten. Falk kaufte nun in manchen Fällen ein und dasselbe Album ein viertes Mal; und so war es keine Seltenheit, dass er von manchen Alben mehrere Ausgaben in seinen Regalen stehen hatte. Und er konnte auch genau erklären warum: gab es das reguläre Album als Platte, so musste dieses natürlich ohnehin in seinem Besitz sein; gab es eine CD-Ausgabe mit Bonustracks, so war es unvermeidbar, sie zu besitzen, und hatten schlaue

Marketingköpfe ausgeheckt, ein weiteres Mal die Kuh zu melken – sprich: eine neue Edition mit Bonus-CD, DVD oder was auch immer zu einem fadenscheinigen Jubiläum zu veröffentlichen –, so wanderte diese Ausgabe auch in Falks Archiv. Es war ein unendliches Kreuz, ein immerwährender Spießrutenlauf und ein Dilemma ohne Ende. In den letzten Jahren kamen dann auch noch diese Komplettboxen hinzu, ein logischer weiterer Schritt, wenn man bedenkt, dass viele Karrieren seiner Helden nun schon in der Zielgeraden standen oder überhaupt durch deren Tod zwangsweise beendet worden waren. Vielleicht war er aber auch einfach nur verrückt. Wer konnte das schon genau sagen?

Nach Cash kam Costello wieder an die Reihe und auf der dritten Seite *Alibi* zum Zug. *Alibi* war ein Song, auf den Falk sich mit dem Mädchen einigen hatte können. Natürlich freute es ihn, wenn er jemanden überzeugen konnte, dass die Musik, die er hörte, auch die richtige war; wobei: was war schon die richtige Musik – kam es doch so oft auf Stimmung, Wetter und überhaupt auf alles andere als die Musik selbst an. Sie mochte also *Alibi*, ließ es sich von Falk auf eine CD brennen und spielte diese, mit eben nur diesem einen Lied, in Endlosschleife ab. Das war selbst Falk zu viel. *Alibi* hatte seinen Platz zwischen *Dissolve* und *...dust*, das machte Sinn; Platten waren dazu gemacht worden, sie in einem Zug zu hören. Sie waren – handelte es sich um die Guten, eben um die Richtigen – aus einem Guss gemacht, hatten einen Spannungsbogen, und es machte Sinn, sie nach zwanzig Minuten umzudrehen, um genau mit dieser

Zeitverzögerung von zehn, zwanzig Sekunden erneut einzutauchen in eine völlig andere Welt, die möglicherweise der eigenen – während des Hörens neue Perspektiven erschloss. Die Repeattaste, wie sie CD-Player eingebaut hatten, schien ihm völlig sinnlos, ja fast respektlos. Ein Album hatte eine bestimmte Abfolge an Songs, die Tracklist war festgelegt worden, um sie zu befolgen, man musste sich auf den Pfad einlassen, alles andere war dem Künstler gegenüber ein ignorantes Unterfangen, das grundsätzlich verboten gehörte; zumindest trennte sich hier die Spreu vom Weizen. Auf einem Konzert konnte man auch nicht zwischen den Songs hin- und herspringen oder den Bühnendarsteller dazu nötigen, ein und denselben Song mehrmals hintereinander vorzutragen. Falks Ethos zufolge, sollten Live CDs überhaupt nur einen Track enthalten und das gesamte Konzert als Einheit darbieten ohne die Möglichkeit, einzelne Lieder anzuwählen oder sich gar eine eigene Reihenfolge zurecht zu programmieren. Nun, die Zeiten waren andere geworden, und wenn er seine Gedanken mitteilte, dann starrten ihn die anderen – vor allem die jüngeren – nur unverständlich an. Er fühlte sich dann so, wie er sich mittlerweile vorstellte, dass sich seine Eltern ihm gegenüber gefühlt hatten, die auch nicht mit allem mithalten konnten, was er aus seinem Universum berichtete. Möglicherweise wurde er wirklich alt. Es war ihm zwar immer egal gewesen – als Junger wollte er keines dieser magischen Alter erreichen: er hatte sich nicht nach seinem sechzehnten, ebenso wenig nach dem achtzehnten

Geburtstag gesehnt; und dann, als er von Jahr zu Jahr älter wurde, machte es ihm nichts aus: zwanzig, dreißig – es war ihm alles eins gewesen. Doch jetzt, wo er immer mehr bemerkte, dass er wohl einer anderen Generation angehörte, dachte er immer öfter darüber nach.

8 – Im Notfall

Falk saß nun schon einige Stunden vor seinem Laptop. Regen klopfte an die Scheiben, und vor ihm stand eine Tasse Tee. Sein Alkoholkonsum war in den letzten Wochen etwas höher als sonst gewesen. Für heute hatte er beschlossen, einiges an liegengebliebenen Arbeiten zu erledigen und ansonsten den Tag daheim zu verbringen. Kein Treffen am Abend und auch kein kurzes Vorbeischauen in welchem Lokal auch immer. Abgesehen davon zerbrach er sich immer noch den Kopf ob seines anstehenden Geburtstags. Es war schon gewitzelt worden, ob er nun endlich erwachsen werden, sich vielleicht auch einmal für Familie und dergleichen interessieren würde. Und ganz ehrlich gesagt, er konnte diese Frage noch nie, nicht einmal zu seiner eigenen Zufriedenheit, beantworten.

Und wenn er sich so umschaute, es gab nichts, was ihn dazu zwingen könnte, oder doch? Er musste kurz an Tanja denken. Sie war jetzt schwanger, und sie war nicht die einzige seiner flüchtigen Liebschaften gewesen, die kurz darauf mit ihrer neuen Flamme an einer Familienaufstellung teilgenommen hatte. Glück gehabt, dachte er bei sich: zwei Monate länger und *er* wäre der Vater gewesen. Und außenstehend die Situation zu beurteilen, brachte ihn einer Antwort viel leichter nahe, als wenn er selbst Teil der Konstellation gewesen wäre. Nein, es war zu früh, viel zu früh seiner Meinung nach. Tanja hatte ihn bei ihrem ersten Treffen in einer Art Gemeinschaftsraum empfangen, ihre Schwester ein Zimmer weiter, denn man wusste ja nie, mit wem man sich da einlassen würde. Die Situation war etwas angespannt, wie es bei ersten Dates wohl immer sein muss, und da saß er nun, auf dieser abgewetzten Couch – sie daneben auf einer ebenso geschichtsträchtigen Bank – und wusste nicht so recht, was er sagen sollte. Er machte sich keine Gedanken, ob er entsprechen würde, ganz im Gegensatz zu ihr, die etwas unsicher gewesen war, eben weil sie entsprechen wollte. Nachrichten und deren Worte waren die eine Sache, ein persönliches Treffen eine völlig andere. Die Chemie musste stimmen, die Stimme war gefragt, und das ganze Auftreten in dieser angespannten Situation wurde unter die Lupe genommen. Das Bier hatte zwar die Entscheidung erleichtert, sich an diesem Abend spontan mit ihr zu treffen, doch als sie die Tür öffnete, war alle Leichtigkeit verpufft, und er sah sich ein wenig wie bei einer Prüfung.

Wie gesagt, es war für ihn aber nicht so schlimm wie für sie gewesen. Das Ganze hatte in etwa eine gesittete Stunde lang gedauert, und er fühlte sich danach etwas leichter, als er im Schneeregen kurz vor Mitternacht zur Straßenbahnhaltestelle stapfte. Er war sich nicht sicher, ob er sie noch ein weiteres Mal treffen wollte. Beim Gehen hatte sie ihm, zum ersten Mal an diesem Abend, ihre Zunge in den Mund gesteckt und sich an ihn geklammert, etwas verzweifelt, dachte Falk damals. Das machte ihn stutzig. Natürlich fühlte es sich gut an, begehrt zu sein – das war wohl nicht von der Hand zu weisen – aber Zwang und Verzweiflung, und waren sie auch nur hineininterpretiert, waren etwas, das ihn einzuengen drohte und ihm seine Freiheit zu rauben schien; damit wollte er nichts zu tun haben. Und so war er unschlüssig, ob er sie wiedersehen würde. Die Nachrichten der folgenden Tage taten das Ihrige dazu, und ein zweites Treffen kam erst lange später zustande. Zu spät. Er hatte es laufen lassen, so nebenbei, ein paar Zeilen hie und da; das genügte natürlich nicht, und so war der Abend im Käuzchen auch das zweite und letzte Mal, dass er sie wieder sah. Sie verabschiedete sich zwar ein weiteres Mal mit Zuhilfenahme ihrer Zunge, hatte ihm aber davor schon von einem anderen Typen erzählt, mit dem etwas gelaufen war, dann nicht mehr und kurz darauf eben wieder. So hakte er sie ab und widmete sich anderen Damen in genau der gleichen Weise. Er musste sich also nicht wundern, dass er alleine schlafen ging und vor allem auch alleine wieder aufwachte.

Bei der Arbeit hatte er im Hintergrund keinerlei andere Programme am Laufen. Poppten währen seiner Tätigkeit, für die er schließlich auch bezahlt wurde, irgendwelche Fenster auf, die ihm mitteilten, dass er soeben eine Mail empfangen, dass jemand über den Messenger eine Nachricht gesendet hatte oder kamen sonst irgendwelche unnötigen Informationen, die ihn ablenkten und aus dem Konzept brachten, war der Arbeitsfluss gestört, der sogenannte Flow. Falk musste sich zwingen, weiter zu arbeiten. Es war überhaupt ein großes Problem der Zeit, dass sich niemand mehr richtig konzentrieren konnte. Man hatte schon bestimmte Vorkehrungen zu treffen, um ungestört zu sein. Andauernd piepste etwas, leuchtete, blinkte oder gab ein Brummen von sich, weil schon wieder etwas total Wichtiges geschehen war: jemand Smileys verschickte oder das x-te Mitglied einer WhatsApp-Gruppe *ok* sendete. Dem versuchte er sich zu entziehen, indem er alle seine Geräte auf lautlos stellte beziehungsweise diese Programme gar nicht erst aktivierte. Überhaupt widerte ihn dieses Getöse um all die sogenannten neuen Medien an; *online* war das neue Sein, sonst stand man auf dem Abstellgleis, unbeachtet, uninformiert, ausgeschlossen durch die Vorenthaltung wichtiger Informationen, die einen Tag später ihren Wert in den Weiten des World Wide Web schon wieder verloren hatten. Ja, es gab auch einige wenige Vorteile, die die Nachteile aber bei weitem nicht aufwiegen konnten. Wegen seines Berufes oder besser gesagt wegen seiner Tätigkeit, musste Falk einfach erreichbar sein; er musste reagieren können, wenn von ihm etwas verlangt wurde, und es durfte nicht allzu viel Zeit verstreichen, bis er antwortete. So gesehen waren all diese Programme und Geräte auch Teile seines täglichen Arbeitslebens. Das war nun einmal so, und er würde es auch nicht ändern können. Eine Welt ohne Internet würde ihn zwar arbeitslos machen, war aber sehr wohl reizvoll, zumindest zwischenzeitlich.

Konzentration war also das Stichwort. Falk war überhaupt leicht abzulenken. War er aber einmal versunken in seine Tätigkeit, fast wie in Trance, holte ihn nichts mehr so leicht heraus. Es gab eine Zeit, in der er während seiner Arbeit Musik gehört hatte oder den Fernseher laufen ließ. Anfangs sah er darin auch einen gewissen Vorteil. Er konnte sich seine neu erworbenen Platten anhören und schlug so zwei Fliegen mit einer Klappe, bis er bemerkte, dass der Zeitaufwand ob seiner Nebentätigkeiten zu hoch war, um effizient arbeiten zu können. Nicht, dass er seine Arbeit in so kurzer Zeit wie möglich erledigen wollte, es ging sich einfach nur nicht mehr aus. Somit stellte er dieses Programm der Doppelbelastung wieder ein und verordnete sich diesbezüglich eiserne Disziplin. Wenigstens konnte er die Kleidung tragen, die er wollte. Er musste sich nicht *fertig* machen für die Arbeit, überlegen, was er heute tragen würde. So wäre die Jogginghose zwar eine Möglichkeit gewesen, Falk besaß aber keine. Er hasste dieses Kleidungsstück immer schon und vor allem, seit es sich als straßentaugliches Accessoire durchgesetzt hatte. Bei jeder Gelegenheit musste er seinen Blick abwenden, schien es ihm grotesk und eigenartig, dass erwachsene

Menschen sich so in die Öffentlichkeit trauten. Und nein, es ging hier nicht um Hausmeister bei ihrer Mission, die in Hausschuhen und T-Shirts das Putztuch schwangen– im Gegenteil: die Jogginghosen-Träger hatten geputzte Schuhe – die weißen Tennissocken waren über den Bund der Hose gezogen – , Ed Hardy Shirts und Goldkettchen, getrimmte Bärte, sofern man sie als solche bezeichnen konnte, und gestylte Frisuren. Manchmal verstand er die Welt nicht mehr. Aber es war offensichtlich das Zeitalter, in dem alles egal war respektive nichts mehr eine Bedeutung hatte. Bandshirts gab es bei H & M, Punk konnte jeder sein, der sich die Hosen aufriss oder etwas Farbe in die strubbeligen Haare sprühen konnte. Für Falk hatten viele dieser optischen Merkmale noch Bedeutung, für deren Träger wohl kaum. Die Zeiten hatten sich geändert – oder waren es die Menschen, die sich geändert hatten? Falk hatte sich im Laufe der Jahre auch verändert, war aber trotzdem der geblieben, der er immer schon zu sein schien. Früher hasste er den Sommer, nun konnte er es gar nicht erwarten, dass der Winter vorbei ging. Die Hitze machte ihm nichts mehr aus, die Kälte war ihm jedoch zuwider geworden. Es hatte seinen Vorteil, das Fenster offen lassen zu können; es war ein Leichteres sich im öffentlichen Raum zu bewegen und nicht bei Minusgraden und Eisregen von A nach B hetzen zu müssen. Vielleicht wurde er einfach nur alt und sein Körper benötigte mehr Wärme von außen, weil er selbst zu wenig erzeugte. Immer noch klopfte der Regen an Falks Fenster. Heute war ein Tag, an dem man das Haus nur im äußersten

Notfall verließ. Falk blieb daheim, der Notfall hatte auszubleiben.

9 – Sittl

Das Weinhaus Sittl war ein traditionelles Wirtshaus am Lerchenfelder Gürtel. Es befand sich an einer Kreuzung, an der sich Straßenbahn, Autobus und Individualverkehr täglich in die Quere kamen. Stadtauswärts lag es dem Felsenkeller gegenüber, einer Lokalität, die üblicherweise Nachtschwärmer schon alleine ihrer Öffnungszeiten wegen anzog. Blickte man vom Sittl aus Richtung Innenstadt, sah man das Café Carina beziehungsweise linkerhand das rhiz. Mittlerweile hatte man im Sittl auch schon Raucher von Nichtrauchern getrennt, wobei die Raucher rein flächenmäßig gewonnen hatten. Falk hatte sich, nachdem er den ächzenden Windfang hinter sich gelassen hatte, auf seinem Stammplatz niedergelassen, den antiken Holzofen im Rücken. Es war kurz nach 17 Uhr und somit die Platzwahl im Raucherabteil keine Schwierigkeit. Zu späterer Stunde waren trotz dichter Rauchschwaden alle Plätze belegt, zumindest in den kälteren Monaten. Im Sommer, wenn der Gastgarten geöffnet hatte, befanden sich die werten Gäste ohnehin in selbigem und im Inneren des Lokals herrschte dann – zumindest kam es Falk so vor – das Flair vergangener Zeiten. In ein oder zwei Stunden würde es hier aber – vor allem durch das äußerst unterschiedliche Publikum – so wie in jedem Gürtellokal aussehen. Falk hatte ein Bier bestellt, rauchte und wartete. Sein Gegenüber würde, wie so oft, etwas später kommen. Es war kein Malheur. Ein wenig Zeit, in der nichts geschah, war etwas Kostbares, zumindest heutzutage, und wenn man es aushielt. Zwei Zigaretten später saß er Jan gegenüber, der sich, gestresst wie üblich, eine Zigarette rollte – etwas für Falk mittlerweile Unvorstellbares. In seiner Jugend, ja, da war das wohl auch cool gewesen, aber jetzt, mit knapp vierzig, nein. Es bedurfte immer einer gewissen Vorarbeit, man musste vorrollen oder geduldig sein. Für Falk war es ein Impuls, der ihn zum Rauchen verleitete; da erst damit zu beginnen das *Corpus Delicti* überhaupt einmal herzustellen, war ein Widerspruch in sich. Früher hatten sie die Papiere ja auch dazu benutzt, um sich Joints zu drehen; diese Zeit war für Falk aber schon lange vorbei. Und um bei der Wahrheit zu bleiben, Falk war nie wirklich davon angetan gewesen. Seinen ersten Joint hatte er mit sechzehn in der Pause vor dem Religionsunterricht geraucht, es musste kurz vor Weihnachten gewesen sein. In seinem Bankfach hatte das Wichtelgeschenk gelegen – zum umgehenden Gebrauch empfohlen machte es die Runde. Was darauf folgte, war eine unterhaltsame Unterrichtseinheit, zumindest für Falk und seine beiden Freunde. Seinen späteren Kontakt mit Gras und dessen verwandten Nebenprodukten konnte Falk an seinen Fingern abzählen. Es hatte ihm nicht geschmeckt, und es hatte ihm nicht wirklich etwas gegeben. Appetitanreger brauchte er keine, und wenn er stoned war, zumindest was Gras betraf, dann lachte er unentwegt über jeden und alles, und genau das wollte er nicht. Falk war kein Asket, nur die heilende Wirkung von Marihuana hatte sich ihm nie so recht erschlossen.

Jan war zwei älter als Falk, aus Deutschland und Mitte der neunziger Jahre des vorigen Jahrhunderts nach Wien gekommen. Beide wussten gar nicht mehr so recht, wo sie sich eigentlich kennen gelernt hatten, und mittlerweile war das auch egal. Sie trafen sich regelmäßig im Abstand von zwei Monaten, redeten und tranken einen Abend lang miteinander, um sich dann wieder herzlich zu verabschieden und auf das nächste Mal zu warten. Was sie verband waren die Kunst und die Politik – und war letztendlich nicht alles Politik? Falk hatte klare Ansichten, Jan konnte die Hintergründe dazu liefern. Falk hatte sein Bauchgefühl und Jan kannte den historischen Kontext und verknüpfte Vergangenes mit Aktuellem. Im Grunde waren sie nie unterschiedlicher Meinung und verstanden sich auch, ohne ein Wort zu wechseln. Jedes Jahr zu Weihnachten tauschten sie Geschenke aus, waren überrascht ob der Großzügigkeit des jeweils anderen und begannen unverzüglich zu überlegen, was sie wohl ein Jahr später schenken könnten. Heute gab es nichts, Weihnachten war noch nicht in Sicht, und es gab auch sonst keinerlei Anlass für eine Schenkung.

„Und, feierst du?", eröffnete Jan das Gespräch.

„Ich weiß noch nicht, ich bin noch im Zwiespalt. Mir vergeht kurz vor solchen Anlässen die Lust darauf, andererseits sollte ich es wohl tun, ich meine, es ist ein Runder."

„Konventionen, alles nur Konventionen. Vielleicht sollte man die Runden auslassen und nur die Primzahlen feiern."

„Kommt bestimmt günstiger."

„Das sicher, 41, nächstes Jahr dann", sagte Jan und griff zu seinem Bierglas, während sich Falk eine weitere Dunhill aus der roten Verpackung mit dem Goldrand nahm.

Das Sittl hatte an der Bar ein Fernsehgerät, über dessen Schirm am Sonntagabend der neue Tatort flimmerte. Heute war Donnerstag, und somit ermittelte niemand. Stattdessen lief ein Radiosender, der, wenn man das Publikum nun einschätzte, so ganz und gar nicht hierher passte. Andererseits: niemand sah heute mehr so aus wie die Musik, die er hörte. Ob das gut oder schlecht war, sollte jemand anderes beurteilen; sicher war nur, man konnte sich schon seit langem auf rein gar nichts mehr verlassen. Wie konnte man sich in solchen Zeiten abgrenzen, um sich selbst zu finden. Die jüngeren Generationen hatten es nicht leicht, dachte Falk bei sich.

„Beim H & M gibt's jetzt Ramones T-Shirts."

„Und, hast schon eins?"

„Na sicher. Aber frag einmal so jemanden nach einem einzigen Song, nix kennens."

„Naja, Hey ho, let´s go."

„Genau, ein Drama."

„So ist es, was soll aus denen noch werden?"

„Kanzler, das geht heut ganz einfach."

Jan blickte in Richtung Lautsprecher und es entfährt ihm ein leises: „Scheiß Oasis!"

„Was?"

„Oasis sind so scheiße!"

„Ja, eh, aber wie kommst da jetzt drauf?"

„Na da im Radio, Oasis."

„Na, das ist auch scheiße, aber nicht Oasis."

„Doch, das hört man schon an dieser Melodie."

„Ja, das is auch scheiße, aber es ist nicht Oasis."

„Na klar, das war doch einer von den Hits."

„Ja, ein Hit, aber es ist nicht Oasis."

„Doch, das ist das mit dieser Tiffany, ganz klar Oasis."

„*Breakfast at Tiffanys* heißt das, wie der Film."

„Eben."

„Aber nicht von Oasis. Das war irgend so ein *Onehitwonder*."

„Oasis waren das."

„Wett ma?"

„Sicher, worum?"

„Der Gewinner bekommt vom anderen eine Platte, die er nicht kennt, die ihm aber gefallen muss."

„Schwierige Aufgabenstellung."

„Möglich, aber lustig."

„Ok, abgemacht."

Jan zückte sein Handy und gab *Breakfast at Tiffanys* ein. Nachdem er das Ergebnis auf dem Display hatte, schaute er Falk an: „Und, von wem ists?"

„Nicht von Oasis."

„Deep blue something."

„So hört sich das auch an, als würd man ins Wasser gehen wollen, aber schon mal danke für die Platte."

„Ich hätte schwören können, dass das von Oasis ist."

„Ja, hast eh gewettet."

Mittlerweile hatte sich der Gastraum auch gefüllt, ein ortsbekannter Augustinverkäufer hatte seine Ware feilgeboten, und Falk und Jan saßen bei ihrem dritten Bier, als sich der Dichter dem Tisch der beiden näherte.

„Na."

„Was?"

„Schau wer da kommt, der fehlt gerade noch."

Der Dichter war einerseits eine tragische Persönlichkeit, andererseits auch in etwa so beliebt wie ein Kropf oder ein Ausschlag. Man musste die Antworten knapp halten, sonst war er nicht mehr loszukriegen und begann Vorträge zu halten, aus seinem Leben zu erzählen, und zu guter Letzt würde er versuchen, eines seiner Werke an den Mann oder die Frau zu bringen.

„Könnts ihr mir ein Achtl bestellen, meine Herren?"

„Na, heut ned."

„I zahls eh selbst", sagte er mit gedämpfter Stimme und verschwörerischem Blick.

„Wos?"

„Na ich hab hier Alkoholverbot, rein darf ich eh, aber ich darf nix bestellen."

„Aha."

„Ja, ich war a bissl laut."

„Verstehe", sagte Jan etwas ablehnend.

„Also wie schauts aus, meine Herren, is jemand so gnädig?"

„Heute ned."

Der Dichter warf einen verächtlichen Blick auf die beiden und machte sich zum nächsten Tisch auf, wo er kurz darauf Gehör fand und sich währen des Wartens auch setzte.

„Na, hat eh wen gefunden."

„Ja, aber der geht mir so auf den Geist, den wirst du nicht mehr los, wenn er einmal da ist."

„Eh, er hat ja niemand, schwerer Alkoholiker."

„Anders ist das ohnehin nicht zu erklären."

„Ja, wir haben früher aber auch ganz schön was weggesoffen."

„Ja, aber wir sind nicht drauf hängen geblieben."

„Zum Glück."

„Das war kein Glück, das war eine ganz normale Phase, jeder muss da durch."

„Er ist noch mittendrin."

„Der kommt da auch nicht mehr raus."

Mittlerweile war des Dichters Achtel geliefert worden, und er hatte es in die Innentasche seines Sakkos gleiten lassen. Von dort nahm er es von Zeit zu Zeit heraus, nicht ohne vorher seinen Blick schweifen zu lassen, um zu sehen, ob der Wirt in der Nähe war. Es war grotesk, grausam und dramatisch zu gleich. Als der Dichter sein leeres Glas auf den Tisch stellte und Anstalten machte zu gehen, kam Jan von der Toilette zurück.

„Hast du das eigentlich auch schon mal bedacht?"

„Was hab ich bedacht? Du musst mir schon sagen, worum es geht, ich weiß ja nicht, was für Gedanken du jetzt wieder wälzt."

„Im Winter, wenns kalt ist, du gehst aufs Pissoir, zumindest hier, also dort ist es ja auch nicht wirklich warm."

„Ja, und weiter?"

„Na und du pisst, dann dampft das ja recht ordentlich."

„Ja, mag sein."

„Ja, aber wenn das so dampft, bekommt man dann Pisse in die Lunge?"

„Möglich."

„Na ernsthaft jetzt, man atmet das ja ein, das kann ja nicht gesund sein."

„Du hast Sorgen."

„Wenn das so dampft, das is ja dann tröpfchenweise in der Luft und atmen muss man ja, selbst am Klo."

„Was aber manchmal eine richtige Herausforderung ist."

„Ja eh, aber was macht das dann in der Lunge?"

„Keine Ahnung."

„Das ist fast so wie diese E-Zigaretten."

„Geh hör mir auf damit, entweder raucht man, oder eben nicht."

„Ja klar, aber die verdampfen ja auch nur."

„Vielleicht ist das eine Marktlücke: E-Tschick mit Uringeschmack."

„Warum nicht, manche trinken das ja nachm Aufstehn, Morgenurinkur."

„Heast du kennst Sachen."

„Es gibt nichts, was es nicht gibt."

„Ja eh, is ned meins."

Falk und Jan saßen bei der vierten Runde und bearbeiteten nun – vielleicht auch weil das letzte Musikthema Jan eine Lp gekostet hatte – die derzeitige politische Lage im Land. Es war kein Geheimnis, dass beide davon nicht besonders angetan waren, doch was konnte man machen?

„Für mich is das wie der Wurm im Tequila."

„Was?"

„Na kennst du nicht diese kleinen Tequilaflaschen, wo der Wurm drin schwimmt?"

„Ja, kenn ich, aber was is damit?"

„Genau so sinnlos ist das jetzt, das Aufregen."

„Wieso, soll man nix sagen?"

„Nein, das nicht, aber ich geb denen keine zwei Jahre. Die zreissts ohnehin wieder."

„Dein Wort in Gottes Ohr, wie kommst auf das?"

„Erstens können sich die zwei ohnehin nicht leiden, und zweitens – das ist noch viel wichtiger, weil der erste Punkt funktioniert ja vielleicht noch als Vernunftehe –"

„Ja, und was zweitens?"

„Zweitens san die andern unfähig, in der Opposition, und das in der Regierung, wie lang soll das bitte funktionieren?"

„Gar nicht."

„Eben, deswegen sag ich: höchstens zwei Jahre. Willst wetten?"

„Na, ned schon wieder, einmal pro Tag reicht."

Es war kalt, als die beiden sich vor dem Lokal verabschiedeten, eindeutig zu kalt, um zu Fuß den Heimweg anzutreten, beschloss Falk. So überquerte er den Gürtel und stieg die Stufen zum U-Bahnbahnsteig empor. Ein paar Nachtschwärmer hatten sich ausgehbereit gemacht und unterhielten sich laut, ansonsten war der Bahnsteig leer. Sieben Minuten zeigten die gelben Ziffern des Displays der Anzeigentafel an. Sieben Minuten in der Kälte stehen. Am gegenüberliegenden Gleis zündete sich ein junger Mann eine Zigarette an.

10 – Familienaufstellung

Falk nahm den Anruf entgegen. Seine Mutter meldete sich einmal pro Woche. Nicht, dass er jedes Mal mit ihr sprach, manchmal wusste er nur davon, weil sein Handy einen entgangenen Anruf von ihr anzeigte. Er rief dann auch nicht zurück. Seine Mutter stellte die üblichen Fragen, wie es ihm gehe, und ob er nun schon endlich sesshaft geworden sei. Im Konkreten bedeutete das für sie, ob er sich schon für eine Vertreterin des anderen Geschlechts entschieden habe. Dann erzählte sie, was sich seit der letzten Woche daheim, in seinem alten Elternhaus getan hatte, wie es seinem Vater nach der Pensionierung ging, dass er so gut wie nichts mehr tat, und dass sie ihn vermisse, ihn und seinen Vater. Nun, die Zeiten, die sie vermisste, hatten wohl niemals so stattgefunden, wie sie nun in ihrer verklärten Erinnerung ihre Wirkung taten. Falk hörte sich die indirekten Vorwürfe an ihn und an das Schicksal an, sagte in regelmäßigem Abstand „ja" und kam – wie immer – selbst gar nicht zu Wort. Dieses eine Mal wollte seine Mutter aber die wöchentliche Tradition brechen und ihn zu seinem kommenden Geburtstag abermals anrufen. „Dass du mir auch abhebst, wenn ich dich anrufe", waren ihre abschließenden Worte. Falk war in den Augen seiner Eltern wohl eine gescheiterte Existenz. Er war nach Wien gekommen um zu studieren, hatte das auch getan, um dann aber seinen Abschluss doch nicht zu machen. Er hatte sich während des letzten Semesters seines Studiums ausgeklinkt und sich seinen Webtätigkeiten gewidmet. Geld kam aufs Konto, das Studium war obsolet geworden. Eine Katastrophe für seine Eltern. Und jetzt sollte er vierzig werden, hatte keinen richtigen Job, keine potentielle Mutter für potentielle Kinder und lebte in den Tag hinein, als gäbe es kein Morgen. Das war zumindest die Sicht seines Vaters. Seine Mutter war etwas gnädiger in ihrer Wortwahl, der Tenor war aber derselbe. Zumindest stritten sie nicht am Telefon miteinander. Wozu auch? Nach zehn Minuten waren diese Gespräche ohnehin wieder vorüber, also machte er gute Miene zum bösen Spiel, beschwichtigte sie, um kurz darauf das Handy beiseite zu legen und sein Leben ohne Zurufe von außen weiterzuführen, so wie er es gerne hatte. Oder besser: wie es sich für ihn gerade ergab. Politisch war er mit seinen Eltern über Kreuz. Nicht was Inhalte betraf. Sie waren für ihre Generation relativ aufgeschlossen und sozial, waren pragmatisch, und er würde sie der gemäßigten Mitte zuordnen. Ihr Wahlverhalten stand dem aber diametral entgegen. Sie wählten jene, die Wasser und Honig versprachen, nicht aber darüber aufklärten, dass sie es lediglich für sich selbst wollten. Natürlich brachte das die eine oder andere Diskussion mit sich, und am Ende waren alle genau so klug wie vorher. Das Thema Politik war seit langem schon beiseitegelegt worden; niemand rückte von seiner Meinung ab, obwohl alle Beteiligten, sein Vater, seine Mutter und er selbst, im Grunde das gleiche vertraten. Möglicherweise waren ältere Generationen anfälliger für die bunten Werbesujets, die Sätze, die mit schönen Worten genau genommen nichts aussagten, jedoch eine magische Kraft besitzen mussten – verleiteten sie doch eine große Menge an Wahlberechtigten dazu, ihr Kreuz im falschen Kreis zu machen –, und manches Kreuz davon hatte auch seinen Haken.

Falks ältere Schwester war nach ihrem Studium aus der Großstadt wieder zurückgekehrt, hatte sich heiraten lassen und führte nun mit ihrem Mann und den beiden Kindern ein Leben, so wie Falks Eltern es sich auch für ihn vorgestellt hatten. Er sah Margit vielleicht zweimal im Jahr, nämlich dann, wenn er in sein Elternhaus kam und sie zufällig da war. Sie hatten sich nichts zu sagen. Aus welchen Gründen auch immer, gab es zwischen ihnen keinerlei geschwisterliche Gefühle oder auch nur irgendeine Art von Gemeinsamkeit. Selbst ihr Familienname verband sie nun nicht mehr. Blut sei dicker als Wasser, sagt man, in diesem Fall bestätigte die Ausnahme wohl die Regel.

Falk war wieder zu seinem Bildschirm zurückgekehrt, hatte das Guinnesshäferl mit Tee auf den Schreibtisch gestellt und war dabei das zu tun, was er eben so tat. Es war ein Leichtes für ihn, es füllte seine Tage und spülte Geld auf sein Konto. Sein eigentliches Leben war es nicht. Und wenn er darüber nachdachte, was er zu seinem Glück nur selten tat, dann frustrierte es ihn, keinen Ausblick zu haben, keine Alternative. Denn die Alternative würde in seinen eigenen Händen liegen, und das war das Problem. Die Zahlen und Buchstabenreihen hatten ihm nie viel gegeben. Anfangs war es ein kurzweiliges Spiel für ihn gewesen; jetzt, wo er es schon so viele Jahre tat, war es ein Spiel geworden, welches zu keinem Ende kam, und bei dem jeder Spieler schon darauf hoffte, selbst zu verlieren, nur damit dieses verdammte Spiel endlich vorüber wäre. Bevor solche Gedanken in ihm hochkommen konnten, klappte Falk den Bildschirm zu, nicht ohne vorher gespeichert zu haben, um den Schreibtisch zu verlassen, auf seiner Zweisitzercouch Platz und ein Magazin in Griffweite zur Hand zu nehmen und darin zu blättern. Desinteressiert und von Langeweile geplagt. War es nicht so, dass er selbst Herr über sein Schicksal war? Falk schüttelte den Kopf; kündigte sich eine dieser Krisen an, über die sie in Psychologie gehört hatten? Früher war es wahrscheinlich einfacher gewesen. Da kam die Midlife-Crisis und man wusste, dass Halbzeit war. Heutzutage gab es an jeder Ecke eine Krise und man wusste gar nicht, welche es gerade war, die einem so zusetzte. Aber konnte man sich wirklich ein Leben lang auf die eigene Kindheit, die Eltern und die Familie ausreden? Oder gab es einen Punkt, ab dem man seine Verantwortung nicht mehr auf Erlebtes beziehungsweise das Verhalten anderer Personen abschieben konnte? Die Fragen waren nicht das Problem für Falk – denen konnte er sich stellen –, es waren die Antworten, die er vergeblich suchte. Und immer, wenn er an diesem Punkt angelangt war, gab er sich damit zufrieden, dass sie schon kommen würden, zum richtigen Zeitpunkt eben – und wer wusste schon wann dieser genau war? Falk nippte am mittlerweile ausgekühlten Tee und griff nach seinen Dunhills. Wäre sein runder Geburtstag nicht ein guter Zeitpunkt um aufzuhören? Jetzt – wo die neue Regierung es wieder gestatten wollte in Lokalen zu rauchen? Es wäre ein Zeichen passiven Widerstands. Er könnte es damit argumentieren, dass er sich nicht vorschreiben lassen würde, wo und wann er rauchen *dürfe*. Andrerseits würde es wie ein Neujahrsvorsatz sein. Und solche hasste er. Mit dem Rauchen könnte er jeden Tag aufhören, ganz gleich welches Datum war. Er würde sich doch nicht vom Kalender vorschreiben lassen, wann er etwas zu tun oder zu lassen habe. Möglicherweise war das aber auch nur eine Ausrede von vielen, und so verwarf er den Gedanken wieder, nahm sich eine Dunhill aus der roten Packung, steckte sie zwischen seine Lippen und ließ die Flamme des Feuerzeugs aufflackern. Er sog den Rauch tief in seine Lungen, behielt ihn dort kurz und atmete wieder aus. Heute würde er nicht mit dem Rauchen aufhören, heute nicht.

11 – Heimvorteil

Ein Onenightstand war ja im Grunde nichts anderes als eine flüchtige Bekanntschaft. Und flüchtige Bekanntschaften hatten die Menschen üblicherweise mehr als sie selbst wahrhaben wollten. Man kannte ein Gesicht, möglicherweise einen Namen, einen Ort, an dem sich jemand aufhielt, von dem man nicht wusste, wie er oder sie hieß; oder man legte einen Weg zurück, auf dem man täglich dieselben Leute traf, ohne sie wirklich zu kennen. Und im Endeffekt – wann konnte man schon behaupten, dass man jemand wirklich kannte? Falk saß an dem Platz, an dem er immer saß, vorausgesetzt niemand hatte ihn vor ihm schon eingenommen. Verabredete er sich hier, so rief er vorher an und reservierte diesen Tisch gleich neben der Toilette. Heute war Falk kurz nach siebzehn Uhr ins

Speakeasy eingetreten, hatte einen kurzen Blick durchs Lokal geworfen und war dann, nachdem er den Wirt begrüßt hatte, schnurstracks zu besagtem Tisch gegangen und hatte sich niedergelassen. Das Guinness wurde hier zwar in Windeseile gezapft, jedoch machte das Ambiente des Lokals diesen kleinen Fauxpas wieder wett. Es war eines der wenigen Lokale, in welchem er stundenlang sitzen konnte, ohne auch nur den Gedanken an einen Heimweg zu verschwenden. Das übrige Publikum war durchmischt und oftmals saß er einfach da und belauschte die anderen Gäste bei ihren Gesprächen. Und das Speakeasy war ein Raucherlokal. Es gab hier keine Trennwände, keine Zonen, lediglich Aschenbecher. Und man konnte sie nutzen oder auch nicht. Somit war es für Falk ein wenig eine Reise in eine längst vergangene Zeit, in welcher man noch nicht zu überlegen hatte, wohin man überhaupt gehen konnte beziehungsweise mit wem man sich wo verabredete. Hier traf er sich seit Jahren vorzugsweise mit flüchtigen Bekanntschaften. Und in diesem Fall waren sie weiblicher Natur. Nicht dass es Falk darauf anlegte, sie hierher zu locken, ihnen von seinen Platten zu erzählen, um ihnen selbige nach einigen Stunden des Trinkens persönlich vorzustellen, um darauf den Vorteil einer eigenen Wohnung zu nutzen. Er fühlte sich hier lediglich sicherer. Heimvorteil könnte man es nennen. Und flüchtige Bekanntschaften, selbst wenn sie dann wirklich in seinem Bett landeten, konnten sich sicher sein: wenn nichts mehr ging, dann würde auch nichts daraus werden. War Falk im vollen Besitz seiner geistigen Kräfte, mit anderen Worten:

war er noch nicht allzu betrunken, kam es ihm gar nicht in den Sinn, jemanden für eine Nacht mit nach Hause zu nehmen. Und das lag nicht an seinen Moralvorstellungen. Es ergab für ihn einfach keinen Sinn. Und war nicht der Kaffee am nächsten Morgen eine höllische Tortur? Gute Miene zum bösen Spiel zu machen, fiel ihm ohnehin nicht leicht. Somit waren solche Vorkommnisse auf die Abende reduziert, an denen er volltrunken und nicht alleine an seinem Tisch saß. Die Damen, die in den Genuss seiner Gesellschaft kamen, eben unter oben angeführten Voraussetzungen, hatten in den meisten Fällen Verständnis für seine aufkommende Müdigkeit und ließen ihn zufrieden neben oder auf sich einschlafen. Und Falk schlief grundsätzlich nicht gerne alleine. Der nächste Morgen aber brachte die Ernüchterung auf allen Ebenen, und Falk konnte sich letztendlich nie so verstellen, dass es ihm die anderen auch abkauften. Somit wurde gesmalltalked, Kaffee getrunken und immer wieder geschwiegen. Er war nun mal so wie er war. Und im Grunde war er froh darüber. Natürlich gab es manchmal Phasen in seinem Leben, in denen er sich ungerecht behandelt fühlte, seine Haltung verfluchte und sich wünschte, dass er einfacher gestrickt wäre, sich weniger Gedanken machte. Letztendlich ergab er sich dann aber wieder seinem Schicksal, fügte sich seinen Anlagen und war doch wieder froh darüber, dass alles so war, wie es nun einmal war. Der Alkohol konnte ihm zwar dies oder jenes vorgaukeln, und manches Mal legte er es auch darauf an – im Inneren wusste er es aber immer besser. Und was brachte es schon, sich selbst etwas vorzugaukeln, mit seinem Schicksal zu hadern; der Spiegel am nächsten Morgen wusste genau Bescheid. Heute Abend lag eine solche Situation aber nicht vor. Falk nippte an seinem zweiten Guinness, rauchte die fünfte Dunhill und las in einem Buch über Bob Dylans Gospelphase. Das Problem mit dem Wort Gospel war, dass man in erster Linie an schwarze Gesänge aus Südstaatenkirchen dachte oder an Weihnachtsvorstellungen eines Gospelchors in der Votivkirche. Dylan hatte damit nur peripher zu tun. Natürlich waren seine Texte damals religiöser Natur gewesen, er hatte Feuer gepredigt, möglicherweise auch etwas unüberlegt; seine Kraft war aber so stark wie schon lange nicht mehr, und in den folgenden Jahren sollte sie fast verschwinden, um sich im etwas gesetzteren Alter wieder zurückzumelden. Eigentlich hatte er gar nicht vorgehabt, diese Songs, die er unter dem Einfluss diverser Schriften und Kurse geschrieben hatte, selbst aufzunehmen. Anscheinend führte kein Weg dran vorbei, und so engagierte er nicht nur Mark Knopfler, sondern auch die Rhythmussektion der Muscle Shoals Studios sowie das Produzenten-Duo Barry Beckett und Jerry Wexler, um *Slow Train Coming* zu veröffentlichen. Ganz so falsch konnte die Entscheidung nicht gewesen sein – bekam er ja für den Titelsong einen Grammy. Falks Interesse galt ein weiteres Mal den Songs, die es eben nicht aufs Album geschafft hatten. Man konnte sagen, er lebte musikalisch oftmals in einer Parallelwelt, in einer Was-wäre-wenn-Welt. Und so begab er sich, in einer gewissen Regelmäßigkeit, auf die Suche nach besagten Outtakes, Alternativversionen und anderen Nuggets, nach denen er graben konnte. In vielen Fällen waren diese Lieder aber aus gutem Grund nicht veröffentlicht worden, und so bestand ihr Reiz wohl in der Aura, die sie umhüllte.

Falk zerdrückte die Glut seiner Dunhill im Aschenbecher. Er warf der Kellnerin einen Blick zu, sodass sie an seinen Tisch kam. Ein weiteres Guinness und einen doppelten Jameson. Es war noch nicht einmal acht, er hatte genügend Zeit weiterzutrinken und würde trotzdem nicht zu spät ins Bett kommen. Morgen hatte er sich wohl endgültig zu entscheiden, ob er seinen Geburtstag feiern wollte oder eben nicht. Es war kein Leichtes für ihn, eine Entscheidung zu treffen, schon gar nicht so knapp vor dem Ereignis selbst. Lägen noch mehrere Wochen oder gar Monate zwischen ihm und seinem Ehrentag, könnte er die Frage nach einer Feier wohl umgehend beantworten; jetzt aber war die Zeit knapp geworden und eine Entscheidung hätte umgehend Konsequenzen. Falk tröstete sich mit dem Gedanken, dass er ja noch einmal darüber schlafen konnte. Beim Aufwachen würde er sich entscheiden, ob er all seine Freunde über Ort und Zeit der Zusammenkunft informieren würde, wo sie ihn antreffen, ihm Geschenke überreichen und den Abend mit ihm verbringen konnten. Er musste sich darüber klar werden, ob er es für sich oder für die anderen und deren Konventionen tat. Schließlich war es doch sein Tag – wie alle übrigen seines Lebens zwar auch – und nur er konnte darüber bestimmen. Oder etwa doch nicht? Nun, morgen würde er wissen, was er zu tun hatte. Morgen würde der richtige Zeitpunkt sein.

12 – Zweisitzercouch

Morgen sollte es also soweit sein. Um achtzehn Uhr würde er seinen Platz einnehmen und warten, wer aller erscheinen würde. Emails und Kurznachrichten hatte er versandt, einige wenige Absagen auf Grund des knapp angesetzten Termins bekommen. Zusagen hielten sich in Grenzen, und somit war die Gruppe derer, die nicht reagierten, die wohl größte; was aber nichts zu bedeuten hatte. Falk würde auch nicht antworten, es sei denn, es ginge sich nicht aus. Eine Information nahm er zur Kenntnis und handelte danach, ein *OK* seinerseits fand er nicht notwendig. Aus den Lautsprechern seiner Anlage kam Dr. Feelgood, das erste Album, noch mit Wilko Johnson an der Gitarre. Zu bestimmten Zeiten mochte er diesen hektischen Sound, das Stakkato der Gitarre und den dazu passenden

Gesang, als hätte der Sänger Bluthochdruck, hatte er wahrscheinlich ohnehin; zum Schluss dann auch noch Krebs. Falk saß auf seiner Zweisitzercouch und las Faust in der Comicversion von Flix, und das schon zum zweiten Mal.

Die Zweisitzercouch war ein Überbleibsel der *Alibi*-Zeit. Irgendjemand hatte sie irgendwann vorbeigebracht, als das Mädchen damals in diese Wohnung eingezogen war; und als sie dann wieder ging, blieb die Bank zurück. Seitdem hatte er einiges an Büchern auf ihr verschlungen. *Rios* Autobiographie, *Hemingways Stuhl* hatte er dort das erste Mal gelesen, *Polski Blues* von Janosch und wohl auch *Gastmahl auf Gomera*. Wenn er sich an diese Zeit zurückerinnerte, eine Zeit, die ihm einiges abverlangt hatte, so betrachtete er sie im Nachhinein, als sei sie eine Idylle gewesen und letztendlich der Beweis, dass, egal wie es einmal war, früher eben doch alles besser gewesen sein musste. Man konnte niemand gleichzeitig so gut und so schlecht belügen wie sich selbst. Belog man sich selbst, hatte man Opfer und Täter in einer Person vor sich, doch wer war der Schuldige? Der, der sich belügen ließ, oder der, der einen belog? Falk hatte schon lange damit aufgehört sich zu belügen, er hatte es schon lange aufgegeben, seinen unerreichbaren Idealen gerecht werden zu wollen. Was heute nicht erreicht werden konnte, war vielleicht morgen erreichbar, und wenn nicht – wen scherte es? Ziele waren gut und schön, doch sie mussten erreichbar bleiben; war der Weg am Anfang schon zu schwierig, wer sollte ihn durchhalten – und wozu?

Falk blätterte die Seite um. Dann sah er nach, wieviel noch vor ihm liegen würde. Ein knappes Drittel war noch zu lesen. Doch zählte das hier überhaupt als Literatur? Waren es nicht zu viele Striche, die zu Bildern wurden oder lag in ihnen mehr Tiefe als in so manch anderem Buch, das ältere Generationen wohl eher als Literatur bezeichnen würden? Umso mehr man sich mit Fragen beschäftigte, darüber nachdachte und Antworten fand, desto mehr Fragen schienen aufzutauchen und beantwortet werden zu wollen. Falk wusste mittlerweile aber, dass nicht jede Frage auch wirklich einer Antwort bedurfte. Und sollte dem trotzdem so sein, würde diese früher oder später – und das oftmals unerwartet – zum richtigen Zeitpunkt, von dem man oftmals erst im Nachhinein weiß, dass es der richtige ist, auftauchen. Deswegen gab es im Grunde auch keine Eile. Man wusste ohnehin nicht, wieviel Zeit einem blieb. Und sollte es stimmen, dass man von Geburt an schon sein Ablaufdatum mit sich herumtrug – wer kannte es schon und war sich dessen bewusst? Würde man nicht versuchen, alles Mögliche zu tun, um die Zeit mit Inhalt zu füllen, während man dabei das Wesentliche übersah. Lennon hatte es so ähnlich in einem seiner letzten Lieder gesungen. Hätte er diesen Text verfasst, wenn er gewusst hätte, dass er ein Jahr später nicht mehr unter den Lebenden weilen würde? Und genau das war es: eine Frage ohne Antwort, die eigentlich alles beantwortete. Morgen würde er vierzig werden, aber nicht einmal das war sicher. Nun, einiges hatte er aber schon noch vor. All die Bücher, die er noch lesen wollte, von denen er es sich zumindest vorgenommen hatte, sie zu lesen. Und wozu waren sie geschrieben worden? Damit er sie las. Das stand zumindest heute Abend für Falk fest.

13 – Vierzig

Er war jetzt vierzig. Bobby Darin war 36 geworden. Nun gut, er hatte ein schwaches Herz gehabt, Falks Herz schlug weiterhin kräftig. Auch jetzt im Tiefschlaf. Gleich hinter der Eingangstüre zur Wohnung standen zwei überdimensionale Einkaufstaschen, diese aus festem Kunststoff gefertigten, die dadurch auch länger halten sollten. Randvoll befüllt waren sie mit all den Präsenten, die er am Abend davor zu seinem Geburtstag erhalten hatte. Auf dem Heimweg hatte er keine Gelegenheit gehabt die Pakete anzuschauen, das Papier an einem Ende aufzureißen, um einen kurzen Blick auf deren Inhalt zu werfen. Normalerweise tat er so etwas gerne. Doch er war so müde gewesen, dass der Taxifahrer ihn vor seiner Haustür hatte wecken müssen. Jetzt schlief Falk. Zu Hause angekommen, war er aus seinen Schuhen geschlüpft, hatte den Mantel einfach im Vorzimmer zu Boden fallen lassen und kurz darauf sich selbst ins Bett. Umgehend war er eingeschlafen. Es musste kurz vor vier Uhr morgens gewesen sein. Seinen Geburtstag hatte er in einem Lokal gefeiert, das seine Reservierung so kurzfristig noch annehmen konnte. Für den Heurigen in der Josefstadt war es noch zu früh im Jahr, der öffnete seine Pforten erst im April. Beim nächsten Mal würde er sich wohl etwas früher dazu entschließen, seinen Geburtstag öffentlich zu feiern. Letztendlich war es auch gut so gewesen. Eine Feier an besagtem Tag war schwer nachzuholen, wenn der Tag einmal verronnen war in den unendlichen Rinnsalen der Geschehnisse. Und heute war nun mal der nächste Tag. Kein Geburtstag, kein Feiertag, ein ganz simpler Donnerstag. Ein Tag, an dem er nicht arbeiten würde. Wie auch. Es war mittlerweile Nachmittag. Um elf Uhr hatte Falk kurz die Toilette aufgesucht, um dem Drang seiner Blase nachzugeben, hatte weiterhin die Pakete in den zwei Einkaufstaschen ignoriert, aber sich zumindest seiner Hose und des weißen Hemds entledigt, um sich gleich darauf wieder ins Bett zu legen und die Decke über den Kopf zu ziehen. Am Tag davor hatte er kurz vor achtzehn Uhr seinen Platz im Lokal eingenommen. Wie üblich würden einige seiner Freunde, sofern sie überhaupt auftauchten, erst später eintreffen. Pünktlich um sechs saß lediglich Gregor neben ihm und hob sein Glas. Falk war es ohnehin angenehmer, wenn vorerst die Möglichkeit bestünde, sich normal zu unterhalten. Normal waren für ihn zwei oder drei an einem Tisch, alles darüber hinaus brachte ein Übermaß an Gesprächsstoff mit sich, eine Grüppchenbildung, ein Durch- und ein Nebeneinander, kurz gesagt: er verlor den Überblick und dann das Interesse. Immer schon. Ein Geburtstag stellte aber logischerweise eine Ausnahme dar, der er sich fügen musste, und im Endeffekt war es ein gelungener Abend geworden. Im Laufe der Stunden war die Anzahl der Besucher gestiegen und letztendlich waren mehr als erwartet gekommen. Falk hatte – wie vorausgesehen – den Überblick verloren und sich wohl oder übel dem Smalltalk ergeben. Tiefschürfende Gespräche musste er wohl an anderen Tagen führen. Die Versatzstücke mancher Dialoge würden mit Sicherheit in seiner Erinnerung gespeichert bleiben, der Inhalt selbst würde in Vergessenheit geraten, so wie es Falk am liebsten war.

Oktober 17 – Februar 18

…nach Diktat verreist

Bitte beachten Sie auch die folgenden Seiten

Die Moral ist eine Hure

Eine Sammlung ungewöhnlicher Kurzgeschichten

Taschenbuch 2012

ISBN: 978-3-8482-1504-1

Hot Whiskey

*Es stand derselbe junge Mann hinter dem Ausschank wie am Vortag;
„Ale?", war seine Frage, „Stout!", meine Antwort.*

Taschenbuch 2014

ISBN: 978-3-7386-0774-1

Konrad & Elise

*Ein Kinderbilderbuch über Glück, Tod, Schnipp-Schnapp und Kohlrabi
zum Selberzeichnen.*

Großformatiges Taschenbuch 2015

ISBN: 9-783738-650327

Simmering

Ein LokalkriminalRoman

Taschenbuch 2015

ISBN: 978-3-7386-0774-1

Das Mädchen das immer den Teig kosten wollte

Ein Kinderbuch vom Kochen und vom Kosten

Großformatiges Taschenbuch 2016

ISBN: 9-783837-07704-9

All inklusive

Ein Urlaubsroman mit Kriminalfaktor, Ungereimtheiten und anderen Verwicklungen; tägliche Animation inklusive!

Taschenbuch 2016

ISBN: 9-7838370-7717-1

Olga, der Elch

Eine Erzählung für kleine und große Kinder.

Taschenbuch 2016

ISBN: 978-3-7412-9273-6

Blutiger Schnee

Ein Trashroman

Taschenbuch 2016

ISBN: 978-3-8370-5600-6

Burg Semmelstein

Eine Erzählung für kleine und große Menschen.

Taschenbuch 2017

Der Junggeselle

12 Erzählungen und eine Einleitung

Taschenbuch 2017

ISBN: 978-3-7448-3374-5

Absinth

Fünf dunkle Erzählungen

Taschenbuch 2017

ISBN: 978-3-7448-2953-3

Ebenfalls erhältlich, die **SchneidaRomane**:

Mord am Möllplatz (2015) (vergriffen)

Endreinigung (2016) (vergriffen)

Familienaufstellung (2016) (vergriffen)

Sekundenschlaf (2016)

Untergrund (2016)

Eine Weihnachtsgeschichte (2016)

Eine Dame verschwindet (2017)

Wallfahrt (2017)

Finale (2018)

sowie

Kemmer ermittelt - der neue Heftroman

erhältlich im Fachhandel und auf

www.girmindl.at